잘할 거예요,
어디서든

잘할 거예요, 어디서든

1판 1쇄 2018년 6월 25일
　　2쇄 2019년 1월 10일

지 은 이 멍작가

발 행 인 주정관
발 행 처 북스토리㈜
주　　소 경기도 부천시 길주로 1 한국만화영상진흥원 311호
대표전화 032-325-5281
팩시밀리 032-323-5283
출판등록 1999년 8월 18일 (제22-1610호)
홈페이지 www.ebookstory.co.kr
이 메 일 bookstory@naver.com

ISBN 979-11-5564-170-5 03810

이 도서의 국립중앙도서관 출판시도서목록(CIP)은
서지정보유통지원시스템 홈페이지(http://www.seoji.nl.go.kr)와
국가자료공동목록시스템(http://www.nl.go.kr/kolisnet)에서 이용하실 수 있습니다.
(CIP제어번호 : CIP2018016226)

잘할 거예요,

어디서든

멍작가 지음

북스토리

• CONTENTS •

프롤로그
누구나 행복한 삶을 꿈꾼다 • 6

Chapter 1.
직장생활 5년, 그리고 한국 아디오스!

- 나는 회사를 퇴사하였다 • 10
- 같은 길로만 달렸던 우리들 • 16
- 그건 내 인생 첫 면접이었다 • 20
- 마케터가 하필 발표 울렁증 • 24
- 당연하다고 생각했던 것 • 28
- 난 조금 솔직하지 못했다 • 31
- 야근, 소주 그리고 숙취, 이 끊이지 않는 악순환 • 38
- 생애 최악의 불면증 • 42
- 나도 몰랐던 나란 사람 • 46
- 인생 한번쯤 여기서 살아보고 싶다 • 50
- 저 일 권태기인 것 같아요 • 60
- 퇴사 송별회, 그리고 마음의 확신 • 62

Chapter 2.
여행의 낭만이 일상이 되다

- 피터팬이 되고 싶었던 아이 • 66
- 바르셀로나에서 살아남기 • 72
- 스페인에선 매일이 불금 • 77
- 유럽에서 처음 찾은 한국레스토랑 • 80
- 울퉁불퉁 못난이 파전 • 84
- 가우디가 나에게 • 88
- 내가 가장 사랑한 스페인 타파스바 • 90
- 집으로 가는 최단기 코스 • 95
- 여행의 낭만이 일상이 된다는 건 • 96

Chapter 3.
그저 흘러가는 대로

- 베를린의 소소한 행복 • 102
- 아직은 살 만한 세상 • 105
- 예술가의 도시, 베를린 • 109
- 독일 사우나에서 • 111
- 엄마의 감자볶음 • 116
- 감기 증상 • 121
- 그냥 그게 더 자연스러워 보였다 • 126
- 당신의 양심에 맡깁니다 • 131
- 브로이하우스의 웨이트리스 • 135
- 어쨌건 모든 사람에게 사랑받는 건 불가능하다 • 138
- 그녀들의 파리 여행 • 144
- 난 후회하는 걸까 • 149

Chapter 4.

점 하나가 길이 되고 꿈을 만들다

- 10년 만에 돌아온 대학 캠퍼스 · 156
- 아시아인에 대한 편견 · 160
- 내향적인 여자의 속사정 · 162
- 독일 헬스장에서 · 168
- 수업을 듣는 학생의 세 가지 유형 · 174
- 그때 그 선배의 느릿한 존댓말 · 176
- 딴짓을 하면 좋은 점 · 182
- 빨래를 널다가 문득 · 186
- 관계가 언제나 한결같을 순 없다 · 189
- 어쩌다 보니 졸업식 · 198
- 딱히 뭔가를 하지 않아도 충분히 좋은 · 202
- 긴 머리에 하늘거리는 코트를 입고 있던 엄마 · 207

Chapter 6.

낭비한 인생이란 없다

- 소소한 일상의 소중함 · 250
- 음악이 들리고 풍경이 보이다 · 257
- 잠이 안 오는 밤이면 · 260
- '찬하다'라는 감정의 복합적인 의미 · 262
- 내 인생 속도는 · 266
- 이렇게 사는 것도 나쁘진 않겠다 · 268
- 5월 11일 목요일, 날씨 맑음 · 274
- 지금 마음이 불안하다면 · 277
- 괜찮아, 다 괜찮아 · 281
- 반짝반짝 빛나지 않아도 괜찮은 · 283

Chapter 5.

난 또다시 흔들렸다

- 그래, '거기까지'라고 · 214
- 화상 인터뷰 면접 · 216
- 인터내셔널회사에서 일한다는 건 · 218
- 다, 당케 쉔! · 220
- '예민하다'와 '세심하다'의 그 한 끗 차 · 222
- 독일에서 회식하기 · 226
- 멀고도 가까운 관계, 김치 · 228
- 나만의 점심시간 · 230
- 나는 내 손을 그다지 좋아하지 않는다 · 233
- 문어 해물 라면과 문어 파스타 · 235
- 그래도 독일에서 살 만한 이유 · 240
- 영원한 이방인으로 산다는 건 · 242

누구나 행복한 삶을 꿈꾼다

많은 사람들은 목표한 뭔가를 이루었을 때 비로소 행복해질 거라고 생각한다. 높은 연봉, 좋은 차, 내 집 장만, 사회적 성공 등 흔히 사회적 통념과 시선에서 성공한 삶의 기준에 맞춰 사느라 한번쯤 돌아볼 겨를도 없이 앞만 보고 내달린다.

나도 그랬다.

좋은 대학을 가기 위해, 그리고 대기업 취업을 위해, 똑같은 길을 달려가는 대다수의 사람들에게 뒤쳐지지 않기 위해서 내가 선택한 이 길에서 내가 정말 행복한지에 대한 의문을 품을 여유 따윈 없었다.

그러다 문득 당연하다고만 생각했던 이러한 삶이 나에겐 오답일 수도 있다는 생각이 들었다. 한 번도 내 삶에서 온전히 스스로의 선택과 책임을 진 적이 없었던 것이다.

그래서 나는 회사를 퇴사했다.

지금이 아니면 안 될 것 같아서, 시간이 더 지나면 고민할 용기조차 나지 않을 것 같아서 이십 대의 마지막 어느 날, 나는 내가 스스로 만들어가는 삶을 찾아 떠났다.

물론 단 한 번도 후회하지 않았다거나 그 이후 매일매일이 황금빛 인생만 펼쳐졌다고 말한다면 그건 거짓말일 테다. 하지만 어차피 후회할 거면 아무것도 선택하지 않고 놓쳐버리는 것보단 일단 해보고 나서 후회하는 게 더 나을 것 같았다.

퇴사 후 5년이란 시간 동안 나는 유럽의 여러 도시에서 살며 여행도 하고, 공부도 하고 일도 했다. 물론 계속되는 선택의 순간에 놓였을 때 난 또다시 흔들렸지만 그렇게 멀리 돌아온 길 끝자락에서 지금 이 글을 쓰고 있다.
결코 시간을 낭비했다고 생각하지는 않는다. 단지 내가 진정 원하는 삶의 방향을 찾기 위해 잠시 숨 고르기를 했다고 생각한다. 그 시간이 없었다면 단언하건대 지금 이 글을 쓰고 있지도 않았을 뿐만 아니라 행복은 반드시 성취해야 할 목표 이후가 아닌 지금 이 작은 순간에 존재함을, 그리고 내가 원하는 꿈을 이루는 과정 그 자체라는 걸 몰랐을 테니깐.

내가 지금부터 하는 이야기는 한 사람의 성공스토리나 인생역전이야기가 아니다. 그냥 인생의 갈림길에서 조금은 다른 선택을 했던 한 평범한 사람의 일상의 기록들이다. 가끔은 여전히 방황도 하고 때론 참 많이 행복해하며 경험하고 느낀 일상의 하루들을 끄적이고 그때의 떠오르는 감성으로 일러스트를 더했다.
세상 어딘가에 있을 비슷한 고민을 하고 있는 이들에게 나도 똑같이 그랬다고 작은 위로가 됐으면 하는 간절한 마음으로 소소하지만 내가 살아가는 이야기를 펼쳐놓는다.

집에 오는 길은
내겐 너무 길어~~.

Chapter 1

직장생활 5년,
그 리 고
한국 아디오스!

처음으로 사회의 보편적인 시선에 얽매이지 않고
나 스스로 고민해서 결정했던 어떻게 보면 내 인생 뜻밖의 사건, '퇴사'.
그렇다. 나는 회사를 퇴사하였다.
그간 5년차 마케터로 일했던 회사를 미련 없이 그만두고,
이후 5년 동안 다섯 개의 도시에서 살면서
하고 싶은 공부를 하고 일하며
새롭게 나의 일상들을 채워나갔다.

내가 일했던 회사는 흔히들
취준생이 가장 가고 싶어하는
외국계 기업에서 항상 다섯 손가락 안에
드는 곳이었다.
어떤 이들은 어디서 그렇게 회사를
박차고 나올 용기가 나왔냐며
참 대단하다고 말했다.
하지만 내가 일단 지르고 보는
충동적인 성격의 소유자도 아니고
꽤 오랜 시간 동안 고민해서
결정한 것임에도 많이 두려웠고
솔직히 불안했다.

나중에 나이 들었다고 취업이 안 되면?

사실 이 회사가
운명의 직장이면?

순식간에 모아둔 돈 다 쓰고
빈털터리가 되면?

지금이라도 팀장님께
빌어야 되나….

불투명한 내 미래는…?

내가 회사를 관둔다고 하면 뭔가 큰일이라도 날 줄 알았지만
회사는 나 없이도 아무 일도 없었다는 듯 잘만 돌아갔고
내 자리는 금세 새 직원으로 채워졌다.

그렇게 나는 이십 대 끝사락에

어느 집단에도 소속되지 않은 자유로운 몸이 되었다.

지금 돌이켜보면 그때의 나에겐 회사를 그만두기 위한
합당한 이유와 변명이 절실했고
그렇게 쥐어짜듯 만든 핑계와 거창한 계획들로
'퇴사'란 단어를 그럴 듯하게 포장하였다.
하지만 솔직히 회사를 관두고 떠난 이유는 하나였다.

지금, 바로 지금이 아니면 안 될 것 같아서,
더 지나면 고민할 용기조차 나지 않을 것 같아서…….

살면서 한 번쯤 아무 이유도 없이
뭔가를 그냥 하고 싶을 때가 있다고 하는데,
나의 경우는 그때 그런 마음이었던 것 같다.
물론 참 무모하고 생각 없다고 여겨질 수도 있지만,
다시 돌아간다고 해도 난 비슷한 선택을 했을 것이다.
그때 차마 떠나지 못하고 회사에 남았다면
시간이 많이 흐르고 난 후에 '내가 만약 그랬더라면 어땠을까…' 하고
그 뒷이야기를 궁금해하며 후회했을지도 모르니깐.

해보지도 않고 후회하는 것보다는
한번 저질러보고 나서 후회하는 게 낫지 않을까?

그게 벌써 50년 전이었나….
그때 내가 떠났더라면 어땠을고….

오늘 햇살이 참 좋네그려.

같은 길로만 달렸던 우리들

고등학교 때 난 괜한 반항심에 공부는 뒷전인 채 친구들과 어울려 놀기 바빴다. 그러다가 수능이 1년도 채 안 남았을 때부터 서울에 가서 혼자 자유롭게 살겠다는 생각만으로 밤잠을 설치며 공부했고, 마침내 서울에 있는 대학교에 합격하게 되었다.

하지만 그것 말고는 뚜렷한 꿈이나 목표 같은 건 생각하지도 못했고 그렇게 난 수능 성적에 맞춰 4년 동안 내가 공부해야 할 전공을 정해버렸다.

4년 동안의 대학생활도 크게 다르지 않았다. 학교 앞에서 자취하며 3학년 때까지는 시험 기간이나 특별히 과제를 할 때 빼고는 새벽까지 친구들과 술을 마셨고, 어학연수를 다녀온 후에는 모두가 그렇게 하듯 토익 학원을 다니며 취업스터디를 알아봤다. 마음속으로는 지금이라도 내가 정말 하고 싶은 일이 무엇인지 알고 싶었지만 그걸 알아보기엔 이미 너무 늦었다는 생각이 들었다.

그렇게 어항 속 물고기처럼 월말이면 1점이라도 더 올려보겠다고 토익 시험을 봤고, 남들과 똑같이 대기업 면접 준비를 했다.

• 취업스터디 모의 면접 현장 •

아…
한없이 작아지는구나.

영 자신감이 없어 보이네요!

눈을 보고!

소개가 너무 밋밋해요!

언젠가 한 외국인 친구가 불쑥 나에게 던진 말이 기억난다.

"그거 알아? 한국 유학생들은
이십 대 후반이랑 삼십 대 학생이 유독 많은 거.
내 생각인데 말이야. 한국에서는 어렸을 땐 명문대 입학,
이십 대 때는 대기업 취업 같은
똑같은 목표만 보고 공부하다가
막상 회사에 들어가면 그제야 뒤늦게
사춘기를 겪게 되는 거 아닐까?"

우리 둘 다 같은 방향이야!
같이 가는 거야~~!!

꺄아~ 좋아!
너랑 나랑 늘 똑같지, 뭐.

그때는 몰랐다.

같은 길로만 가는 그 길이 정답인 줄 알았고

우리 모두는 그 한길을 향해 계속 경쟁하고 걸어가며

진짜 내가 하고 싶은 일이 무엇인지 생각할 여유조차 없이 달렸다.

하지만 그때는 전혀 상상도 못 했다.

지금 내가 이렇게 독일에 있는

치킨 집 구석에 앉아 이 글을 쓰게 될 거라고는.

그건 내 인생 첫 면접이었다

벌써 몇 년 전 일이지만, 그건 내 인생의 첫 면접이었다.

면접 시간에 맞춰 회사에 갔더니 회의실엔 이미 네 명의 사람들이 대기하고 있었다. 면접장 안으로 들어가니 얼굴을 잔뜩 구긴 채 앉아 있는 남자 면접관 두 명과 그나마 온화한 표정의 여자 면접관 한 명이 있었다.

질문이 시작되자 나를 제외한 네 명은 모두 마치 아나운서 시험을 보러 온 것처럼 입을 떼기만 하면 청산유수였다. 하필 정중앙에 앉은 나는 온몸이 덜덜 떨리기 시작했고 아나운서 지망생 네 명 사이에서 혼자만 횡설수설 대답을 해나갔다.

그렇게 면접은 거의 망한 상태로 끝나가고 있었고, 마지막으로 면접관이 하고 싶은 말이나 질문이 있으면 하라는 말에 나는 이대로 가다간 백 퍼센트 떨어지겠다는 위기의식을 느껴 떨리는 마음을 간신히 다잡고 당최 없던 질문을 쥐어짜 내서 손을 들었다.

"저…… 이 회사에서는 업무 시간의 15퍼센트 정도를
자기 계발을 위해 개인적으로 사용할 수 있다고 들었습니다.
제가 지원한 업무에도 해당되는 건지 궁금합니다."

신기하게도 우여곡절 끝에

나는 망한 면접의 그 외국계 회사의 영업팀에 입사하게 되었다.

어느 날, 회식 자리에서 팀장님

(알고 보니 그 온화한 표정의 면접관)이 말씀하셨다.

"얘, 원래 면접 때 본부장이 너 뽑지 말라고 그렇게 계속 반대했는데,
내가 우겨서 너 뽑은 거잖니. 본부장이 네 볼살이 계속 떨리는 게
무슨 지병이 있는 게 분명하다고, 호호호."

마케터가 하필 발표 울렁증

사람 성격은 변하는 걸까.
어렸을 때 난 해마다 명절이 되면 누가 시키지도 않았는데
친척들 앞에서 어설픈 춤과 노래를 자랑하며
세뱃돈을 두둑이 챙기곤 했다.

중학교 땐 걸핏 하면 수업시간에 앞에 나가서
곧잘 노래를 부르곤 했다.
한때는 패닉의 〈달팽이〉라는 곡에 꽂혀서
똑같은 노래를 반 아이들 앞에서
지겹도록 부르던 때도 있었다.

집에 오는 길은
내껜 너무 길어~~.

노래는 역시 두성!

지금 내가 사람들한테 이런 나의 과거를 고백한다면,
쉬이 믿지 못할 것이다.
그런데 언젠가부터 나는 많은 사람들 앞에서
뭔가를 한다는 것에 대한 두려움이 생기기 시작했다.

에… 저기…
그게….

두근두근~

마케터는 항상 누군가에게 말을 해야 하는 직업이다.

하필 마케터가 발표 울렁증이라니.

점점 시간이 갈수록 발표 울렁증은 나아지기는커녕

회사에서 중요한 순간마다 어김없이 나타났다.

• 무서운 본부장과의 미팅 •

미개팅팀으로 옮기고 나서부터 그렇게 나의 회사생활에는

조금씩 안개가 드리워지기 시작했다.

당연하다고 생각했던 것

금요일 저녁,

엄마가 부산에서 서울에 올라올 때면

쓸데없는 소리 말고
얼른 이거나 받아라!

아휴, 뭘 또 이렇게
많이 사왔어~.

소고기야? 에헤헤.

지난번
엄마가 보내준
반찬이 그대로!

니 이눈…!

뭐가 들었지?
데헷~.

그렇게 엄마는 2박 3일 동안 내내……

됐다!
지금 할 일이 쌓였는데
가긴 어딜 가.

엄마,
서울까지 왔는데
청계천이나 가볼까?

엄마,
내가 맛있는 거 사 줄게.
요 앞에 샤브샤브 잘하는 데
있거든.

됐다!
이렇게 반찬이 많은데
왜 돈 들여 사 먹노.

배고프다,
상이나 펴라.

니가 힘들게 번 돈인데….
모아 났다가
니가 사고 싶은 거 사라.

…아니, 그래도…….

엄마가 왔다 간 빈자리.

뽀송뽀송한 이불.

엄마표 반찬으로 꽉 채운 냉장고.

반짝반짝 빛나는 화장실.

• 며칠 후 •

야, 이기적인 눈아!
넌 엄마가 서울까지 갔는데
일만 시켰냐?!
엄마 지금 몸살 났다!

아니, 언니 그게 아니고…….

청계천 갔다가…
샤브샤브 먹고….
냠냠~

그렇게 당연하다고 생각했던 것들이
문득 참 미안한 밤이다.

누군가에게 직장은 돈벌이를 위한 수단이고 또 다른 이에겐 나름의 성취감을 얻고 목표를 향해 나아가는 기회의 장이기도 하다. 그렇지만 객관적인 시선에서 회사란 이윤 추구를 목적으로 하는 다양한 사람들과 같은 공간에서 지내며, 서로 눈치를 보는 이해관계가 얽히고설킨 하나의 집단이다. 그러다 보니 이러한 곳에서 모든 이들이 아무런 갈등 없이 '그렇게 그들은 오래오래 행복하게 잘 살았답니다'라는 동화 속 결말 같은 걸 기대해서는 안 된다. 사실 하루 중 가족, 친구, 애인보다도 더 오랜 시간을 함께 보내야 하는 직장에서 늘 동료와의 관계가 맑음일 수는 없는 법. 어지간한 멘탈이 아니고서야 흔들리지 않고 버티는 건 힘든 일일 수 있다.

에피소드 1.

...

회사 팀원들과의 커피브레이크.

우리 팀 최고!

어이쿠, 그닥 친하진….
그건 김대리님이
잘못했네요, 암요.

• 그날 밤 •

얘, 너라도 편을 들었어야지.
너 그렇게 박쥐 같은
인간이었어?

캬~ 정말 잘했어!
사회생활은 바로 그렇게 하는 거야!
캬하하하하하.

에피소드 2.

...

눈치 백 단, 여우 짓 천 단의 회사 선배들.

• 회식이 끝난 뒤 •

- 잠시 후 회사 앞

정말 성실하고 한결같은 직원이야.
칭찬해!

어느 날 맡고 있던 팀프로젝트 마감 때문에 새벽까지 일하다가
다음 날 아침 초췌한 얼굴로 출근한 나.

얘, 너 또 어제 술 마셨니?

에피소드 3.

...

갑작스레 회사에 불어닥친 구조조정.

영업사원으로 좌천된 옆 팀 팀장님.

허허,
다시 현장에서 뛸 생각하니
옛 생각 나는구먼….

우리 첫째가
아직 초등학생이네.

내가 마케팅 부서로 옮기면서 영업팀으로 갔던,
나랑도 꽤 친했던 여자 직원이
결국 희망퇴직하는 걸로 결정되었다.

"잘됐지, 뭐. 그렇지 않아도 좀 쉬고 싶었는데,
이 김에 좋은 데로 여행이나 가야겠다…. 호호."

그때 떠나가는 회사 사람들을 보며 마음이 좋지 않았지만,
나도 모르게 머릿속에 떠올랐던 생각은 조금 비겁했다.

'아… 내가 아니라서 정말 다행이다……'

• 그날 밤 •

쌓여만 가는 업무 때문에 한 장 가득 적혀 있는 'To do list' 중 절반도
채 하지 못하고 퇴근 시간인 6시가 임박하면
나는 항상 세 가지 선택의 기로에 서게 된다.

1. 모든 미완성 보고서 및 자료들을
외장하드에 저장한 후, 집에 가서 일하기.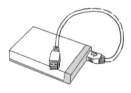

솔직히 집에 가서 꺼내보지도 않지만
마음의 작은 안정이라도 얻고자 챙겨가는 외장하드가
때론 큰 위안이 된다.

2. 저녁 8시까지 퇴근하는 것을 목표로
주린 배를 부여잡고 빛의 속도로 끝내기.

하지만 대부분 저녁 9시가 다 되어서야 집에 도착하고,
집 앞 편의점에서 삼각김밥 두 개와 맥주 한 캔을 사 들고 와
TV 앞에서 꾸벅꾸벅 졸다 보면
어느새 하루가 금세 지나가 버린다.

3. 아예 저녁을 먹고
다시 사무실로 돌아와 계속해서 일한다.

문제는 이 3번의 선택에는 거의 항상 반복되는 악순환이 있다는 것.

그날 저녁도 기필코 오늘은 야근하지 않고 일찍 집에 가겠다는 굳은
결심 아래 키보드가 부서져라 타자를 치고 있었다.

"반주로 딱 한잔만?

이 맛에 또 일하는 거지~!

자, 마셔~ 마셔!

그럼, 우리 2차로 소맥에 골뱅이?"

오웨엑ㅡ

이렇게 될 걸 알면서도 어김없이 반복되는 야근과 소주 그리고 숙취의 악순환은 다음 날 아침 왼손에 자두맛 쿨피스, 오른손엔 야쿠르트를 들고 퉁퉁 부은 얼굴로 출근하는 것으로 끝을 맺는다.

겨우 정시에 출근은 했지만

모니터 화면은 쉴 새 없이 회전하고 있었기에

어쩔 수 없이 팀장님 눈치를 살펴

직장인의 영원한 쉼터인 화장실로 잠시 대피한다.

더러움 따윈 잊은 지 오래….

여기가 바로
지상 낙원이로구나.
데헷~.

선배님,
쉬시는 데 죄송하지만…
선배님 발이 삐져나왔습니다.

똑똑-

제가 넣어도
괜찮겠습니까?

…스르륵

오늘만큼은 세 가지 선택의 기로에서 결코 3번은 선택하지 않기로

다짐하며 그날도 키보드가 부서져라 타자를 쳤다.

생애 최악의 불면증

잠이 안 온다….
잠을 잘 수가 없다…….
그렇다. 나는 불면증에 걸렸다.

제품 마케터로서 자식 같은 내 담당 제품들이
불티나게 팔릴 거라고 기대를 하는 건 당연하지만
그럴수록 더욱 냉정하게 현실을 직시해야 했다.
하루하루 창고에 쌓여만 가는 제품 재고들에 파묻혀서
매일같이 고등학교 담임선생님에게 혼나듯
팀장님에게 깨지던 그때, 꿈에서도
쌓인 재고들이 쫓아오는 것 같아 두려웠다.

아침마다 초췌한 얼굴로 출근하기를 한 달이 넘어가자
주변 사람들이 알아보기 시작했고,
선배, 후배들은 너 나 할 거 없이
불면증에는 뭐가 좋더라 하는 따뜻한 조언들을 아끼지 않았다.

• 내가 시도해본 불면증에 '즉효'라는 방법 7가지 •

1. 깐 양파를 머리맡에 놓아두기.

괜스레 슬퍼지네….

백만 스물두 마리!
백만 스물세 마리!

2. 양 백 마리 세기.

집중해, 이 자식아!

3. 독한 술 마시기.

꺼억- 취한다.

4. 차라리 일어나서 다른 일하기.

시켜시켜~

죽더라도 침대에서.

헤헤~

5. 머리를 차갑게 유지하기.

덜덜~

6. 중간에 깨지 않도록 저녁때 물 안 마시기.

7. 침대에서 전자기기 사용하지 않기.

내일은 또 어떤 논리성, 개연성이라고는 없는 대책 플랜으로 팀장님의 노여움을 잠시나마 풀어드릴까 끝도 없는 고민으로 잠 못 이루는 날들의 연속이었다.

나도 몰랐던 나란 사람

하루는 우연한 기회로 친해진
다른 팀 차장님과
점심을 먹고 커피를 마셨다.
차장님이 웃으며 나에게 말했다.

그래도 넌 회사생활
참 편하게 해서 좋겠어.
딱히 상사를 신경 쓰지도 않고
네 할 일만 하니깐. 호호.

···으응?!
뭐지, 나 디스하신 건가.

난 갑작스러운 차장님의 그 말에 깜짝 놀랐다.

사실 그때의 내 상황은 다음 주에 있을 본부장님 앞에서의 내년 비즈니스플랜 발표로 잔뜩 긴장해 있는 상태였고, 또 별다른 이유 없이 날 마음에 들어 하지 않는 선배 한 명 때문에 심각하게 고민하고 있기도 했다. 심지어 그날은 바로 오후에 있을 팀장님과의 미팅 압박 때문에 입맛이 없어서 점심도 먹는 둥 마는 둥 했었다.

흐음….

선배님, 안녕하세요….

휙~

왜 이리 안 먹니?
혹시 다이어트 중? 호호.

아, 요즘 입맛이
통 없어서요….

어쩌면 차장님은 내가 다른 직원들 자리에 가서 자주 수다를 떨거나 딱히 일에 대한 불평을 늘어놓지 않고 상사 앞에서 항상 덤덤했던 몇몇 모습들을 보며 나의 성격이 어떨 거라 지레짐작하고 나도 몰랐던 나란 사람에 대한 이미지를 만들었을지 모르겠다.

과연 차장님은 '나'에 대해 얼마나 많은 것을 알고 있었을까. 내가 힘들면 말도 못 하고 속으로만 끙끙 앓는 예민한 성격이고, 쉽지 않은 인간관계 때문에 일부러 시간을 내 관련 서적을 찾아보기도 하며, 직장 상사처럼 불편한 사람과의 대화가 가장 서툴고 어려운 숙제 중 하나였다는 걸 짐작이라도 하셨을까.

마음의 평화라….

그래서 내가 말이지~.
주절주절~

아, 네….
영혼 없는 표정.
단답형 대답.

오…
팀장님이 말씀하시는데….
역시 쿨해!

나 또한 일부분만 보고

쉬이 판단했던 많은 실수들이 떠오르는 날이었다.

나에게는 고등학생 때 같은 반이었던 가장 친한 세 명
의 베프들이 있다. 각자의 개성도 너무 뚜렷하고 살아
온 인생도 많이 다르지만 1년 만에 만나도 어제 만난
것처럼 웃음이 끊이지 않는 친구들이다. 물론 삼십 대
가 된 지금도 싸우다가 절교 선언을 하는 유치한 모습
을 보일 때도 있지만, 세상 어디에 있든 누구보다 서
로를 응원하고 믿어주는 친구들이다.

마케팅 부서로 옮긴 지 1년이 다 되어갈 때쯤 세 명의 베프 중 한 명이 잘 다니던 회사를 때려치우고 영어를 배우겠다고 무작정 영국으로 훌쩍 떠나버렸다. 그곳에서 뒤늦게 청춘을 불사르고 있는 친구가 몹시 보고 싶어서 난 팀장님께 허락도 받기 전에 과감히 런던행 티켓을 끊어버렸다. 출발 이틀 전까지도 과연 갈 수 있을까 계속 걱정이 되었지만, 뜻밖에 갔다 와서 더욱 열심히 일하라며 허락한 온화한 표정의 팀장님 덕분에 드디어 설레는 마음을 안고 런던으로 가게 되었다.

입국 심사 아저씨한테 폭풍 심문 당하는 중

그래, 영국 악센트가
워낙 강해야지!
미국식 영어교육의 폐해야.

휴~ 하마터면
자존감 바닥칠 뻔!

헤헤~ 빨리 가자!
친구 기다릴라~

총총~

무한긍정의 아이콘

사실 나에게 이번 여행의 목적은 영국이 아닌 바로 바르셀로나였다.
런던에서 이틀을 머문 뒤 친구와 나는 미리 끊어 놓은 저가항공을 타고
스페인으로 날아갔다.

어차피 여행이란 한곳에 일정 시간 동안 머물다가 떠나는 '이방인'의 입
장에서 현지생활을 간접적으로나마 경험할 수밖에 없는 것이다. 돌아
갈 때와 장소가 있기에 더욱 설렘을 주는 걸 수도 있다. 하지만 이상하
게 바르셀로나에서는 여행객으로서의 시선이 아니라 원래 여기에 살고
있던 것처럼 한번쯤 지내보고 싶었다. 영국에서 자유로운 삶을 만끽하
고 있던 친구와는 달리 당시 나는 한창 업무에 대한 스트레스, 신제품
출시로 인한 부서에서의 압박과 부담감에 폭발 직전이었다.

나에게 이번 여행의 테마는 '적극적으로 아무것도 안 하기'였다.

여행을 가기 전 일부러 서점에 들러서 샀던 여행 책은 가방 안에 고이 넣어둔 채 우린 특별한 계획 없이 그냥 순간순간을 즐기기로 마음먹었다. 꾸깃꾸깃 접은 지도 한 장과 약간의 돈만 주머니에 넣고 마치 집에 있다가 잠시 편의점으로 바람 쐬러 나온 사람처럼 그렇게 우리는 바르셀로나를 거닐었다.

숙소에서 나와 한 10분 정도 걸었을 때 안토니오 가우디의 사그라다 파밀리아 성당이 눈앞에 나타났다.

오오- 멋지다아…!
(현지인 콘셉트는 잊은 지 오래)

오마이갓…!
(영어 겉멋 든 영국 락커)

그리고 그라시아 거리 한복판에서 우릴 내려다보고 있던
가우디의 카사밀라.

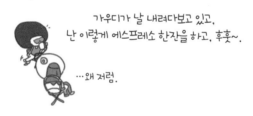

가우디가 날 내려다보고 있고,
난 이렇게 에스프레소 한잔을 하고, 후훗~.

…왜 저럼.

그렇게 또 몇 걸음을 옮기고 나니
바로 옆에 가우디의 카사바트요 건물이 있었고,
발아래 거리의 타일 하나하나까지
가우디의 흔적이 고스란히 남겨져 있었다.

바르셀로나는 가우디가 다 먹여 살린다는 말이 있을 정도로 가우디를 빼고 바르셀로나를 설명한다는 것은 불가능하다. 그런데 이번 여행에서 단번에 내 마음을 사로잡은 건 바로 바르셀로나의 뒷골목이었다.

가난한 이민자들이 모여 살던 주거지에서 이젠 젊은 예술가들의 핫플레이스가 된, 개성 넘치는 그래피티로 가득한 라발 지역과 아기자기한 샵들과 카페가 모여 있는 보른 지역, 그리고 저마다의 낭만을 지니고 있는 타파스바, 카페, 레스토랑으로 좁은 골목마다 빼곡히 채워져 있는 고딕 지역이 꽤 인상적이었다.

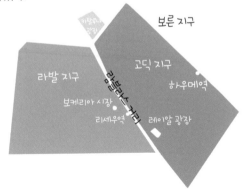

미로처럼 복잡한 골목골목을
이리저리 헤매다 보면 레이알 광장으로
몇 번씩이나 다시 돌아오게 되고,
그곳엔 젊은 시절 가우디가 만든 가로등이
흥이 한껏 오른 사람들 사이사이를
환히 비추고 있었다.

뭐 하는 거지….

레이알 광장 중앙에 있는
가우디 첫 작품 가로등

헐, 소름~
계속 여기로 돌아와.
여기 미로인가 봐….

난 이제 틀렸어….

니하오, 니하오!
너네 맥주 마실래?

샤샤샥~

(람블라스 거리에 백만 명 있는
길거리 맥주 파는 아저씨)

한참을 헤매다 스페인 아저씨 두어 명이 한가로이 TV를 보고 있는
허름하고 좁은 바에 들어갔다.

영어 못하시는
사장님

올라!

스페인 사장님의 친절한 보디랭귀지로
맛있게 시켜 먹었던 닭가슴살 구이 요리.

꼬끼오~

..., 네, 그걸로 주세요!

얍~

젠장,
이 나이에
내가….

그렇게 힐끔 쳐다보기만 해도 풍경이 되는 골목에서

웃고 떠들고 먹고 마시면서 짧았던 일주일이 순식간에 지나갔다.

난 인생에 한 번쯤 여기서 살 수 있다면

세상의 모든 행복을 다 가질 수 있을 것 같은 기분마저 들었다.

저 일 권태기인 것 같아요

직장인이면 누구나 3년, 5년, 7년 주기로 겪는다는 일 권태기.
나에게도 찾아온 걸까?

증상 1. 종일 멍때린다.

증상 2. 정신 줄 놓기.

•잠시 후•

으응?
부재중 전화가 와 있었네.

어, 전화했었어?
나 자리로 가는 중….

도저히 일이 손에 잡히지 않았다.

해야 할 일은 산처럼 쌓여만 가는데

아침에 출근해서 퇴근하기 전까지 무기력하게 모니터만 쳐다보다

집에 오는 나날들이 이어졌다.

'어쩌면… 지금 이 길이 아닐 수도 있지 않을까?

내가 정말 행복하다고 느끼는 삶은 남들과 조금 다를 수도 있잖아.'

그리고 마침내 오랜 고민에 마침표를 찍었다.

서른의 문턱에서 아직 무엇이든 해볼 수 있는 '자유'가 있다고

스스로 다독이며 나는 회사를 퇴사하기로 결심했다.

회사를 그만두기 2주 전쯤, 송별회 겸 부서 회식 자리에서
내가 회사에서 줄곧 따랐던 선배와 마지막으로 술잔을 기울였다.
한창 이야기를 하고 있던 찰나, 갑자기 벽에 위태위태하게 놓여 있던
철문이 별안간 옆에 앉아 있던 나에게 떨어졌다.

나는 난생처음으로 앰뷸런스에 실려
응급실에 가는 경험을 했고,
병원에서 여러 가지 검사를 하게 되었다.

검사 결과 큰 이상은 없었지만,

이틀 뒤 정상적으로 출근한 나를 팀장님이 불렀다.

난 퇴사하겠다고 자신만만하게 얘기하고 난 후에도

과연 이 선택이 맞는 것인지에 대해 확신할 수가 없어서

두렵고 계속 고민이 되기도 했다.

하지만 팀장님과의 짧은 대화를 끝내고

그 자리를 돌아서서 나오는 순간

비로소 흔들리던 나의 결심이 제법 단단해질 수 있었다.

올라!
환영해!

올라~ 반가워.

Chapter 2

여행의 낭만이

일 상 이

되 다

어렸을 때 처음

'피터팬'이란 동화를 읽었을 때

나도 피터팬처럼 자유롭게 하늘을 날고 싶었다.

흔히 우리 시대에 삼십 대라면
적당한 짝을 만나 결혼을 하고, 안정적인 직장에서
어느 정도 자리를 잡았으며 대출을 끼더라도
자기 집과 차가 있고 슬슬 자녀 계획을 세우거나
혹은 이미 육아를 시작한 사람을 딱 적당한
그 나이에 맞는 삶을 살아간다고 말한다.

나도 이십 대 중반까지는
대다수와 같이 세상이 정해준
모범답안 같은 삶의 길을 달려왔다.
하지만 어느 순간부터 이렇게 사는 게 과연
내가 원하는 인생인가에 대한 깊은 고민에 빠졌다.
그래서 잘 다니던 회사를 떠났고,
물론 등 뒤로 쏟아지던 비난들도
어느 정도 감수해야 했다.

어렸을 때 난 유독 문구점에 진열되어 있던 푸 인형이 너무나 갖고 싶었
다. 학교가 끝나고 집에 돌아오는 길이면 한참을 멍하니 유리창 너머 인
형을 쳐다보고는 했던 기억이 난다. 사실 그 푸 인형은 벌에 엄청 쏘여
퉁퉁 부은 것처럼 못생겼었지만 난 이상하게 그 인형이 참 좋았다.

결국 크리스마스 선물로 그 인형을 받게 되었고, 그 푸는 내가 대학에 입학해 서울로 올라오기 전까지 쭉 나와 함께 지냈다. 사실 지금도 내 방에는 내가 이름을 지어준 가장 아끼는 또 다른 인형이 자리 잡고 있다.

성인이 되어서도 현실을 받아들이지 못하고 계속 어린아이로 남아 있기를 원하는 심리 상태를 '피터팬 증후군'이라 한다. 우리 시대의 평범한 삼십 대로 살아가기를 거부하고 인형을 아직까지 좋아하는 나는 혹시 피터팬 증후군에 해당되는 것일까? 물론 어릴 때처럼 이제는 내가 피터팬처럼 날 수 있을 거라 생각하지는 않지만.
하지만 우리 사회에서 통상적인 기대치에 부응하는 일반적인 삶을 살고 있지 않다고 해서 과연 그 사람의 인생을 다른 이들이 '부적응' '도피'와 같은 단어로 쉬이 규정할 수 있을까?
누구보다 그 사람의 인생에 대해서 많은 고민을 한 사람은 그 사람 자신이고, 그 사람에 대해서 가장 잘 알고 있는 사람도 본인일 터이다.

그렇다면 나는 인정한다.

그래, 나는 피터팬 증후군이라고.

그리고 지금 내 삶에 내 나름의 방식으로 온전히 집중하고 있고

그래서 참 행복하다고 말이다.

다시 바르셀로나를 찾았다. 이번엔 그냥 여행이 아닌,

진짜 여기에 집을 얻고 살기 위해.

그리고 어떻게든 바르셀로나에서 살아남아야 했다.

흐음…

4년 동안 쏟아부은
적금 통장

쥐꼬리만 한 퇴직금

• 바르셀로나에서 살아남는 5가지 방법 •

1. 아침은 마트에서 산 재료들로 직접 '판 콘 토마테'를 만들어 먹는다.

판 콘 토마테 만드는 방법

1. 바케트를 적당한 크기로 자른다.

2. 마늘을 마구 문질러준다.

하악-

3. 토마토를 반으로 갈라 역시 마구 문질러준다.

하아악-

4. 올리브 오일을 뿌려준 후, 소금을 살짝 뿌리면 끝!

훗   쏴아-

여기에 이베리코하몽까지 한 조각 올려주면 완벽!

2. 한번씩 외식할 땐 '메뉴 델 디아'를 적극 활용한다.

'메뉴 델 디아'란 한국의 '오늘의 점심 특선' 같은 것으로 10유로도 채 안되는 가격으로 코스요리를 먹을 수 있어 배낭여행객들이나 유학생들에게 매우 경제적인 메뉴이다.

애피타이저
샐러드   무려 파스타가 애피타이저

메인 디쉬
고기   생선

디저트
아이스크림   제철 과일

그리고 음료까지 포함

이렇게 코스별로 음식을 하나씩 택해서 저렴하게 즐길 수 있으며 양도 엄청나서 다 먹고 나면 저녁을 먹기 힘들 정도이다. 보통 레스토랑에서 오후 1시부터 4시까지 판매하기 때문에 늦은 오후에 가도 먹을 수 있다.

3. 웬만한 거리는 수행자처럼 걷는다.

웬만한 시내 거리는 걸어 다니고 열 번 사용 가능한 T10 티켓을 구입해서 '피치 못할 경우'에만 사용한다.

지하철을 타야 할 피치 못할 경우 1.

맙소사! 걸어서 2시간 걸리네.
이거 매우 곤란하군···.

데헷~   은근 좋아하는 중~

지하철을 타야 할 피치 못할 경우 2.

어이쿠!
이제 지하철 좀 타볼까···.

후들후들~

4. 다른 하우스 메이트들과 쉐어하는 집을 구한다.
나는 스페인 여자 한 명과 포르투갈 여자 두 명이랑
같은 집에서 살게 되었다.

물론 런던이나 뉴욕의 살인적인 집세에
비할 바는 안 되지만 바르셀로나도 점점 집세가
오르는 추세라서 쉐어 아파트의 방 하나를 빌리는 데
보통 350~550유로 정도는 든다.

5. 친구들과 파티를 가기 전
미리 집에서 얼큰하게 마신다.

(주의 : 미리 너무 퍼마셔서 약속엔 결국 못 나갈 수 있음)

스페인에선 매일이 불금

스페인 어학원을 등록했다. 회사도 그만뒀으니 당
분간 늦잠이나 실컷 즐기려고 했던 나의 행복한
상상은 아침 9시에 시작하는 스페인어 초급반을
듣는 바람에 물 건너 가버렸고, 결국 난 또다시 매
일 아침 7시 30분으로 알람을 맞춰야 했다.

개출림

으

• 어학원 첫날 •

올라!
자, 지금부터 돌아가면서
이름, 나이, 국적 말해봐요.

난 아나, 19살.
프랑스에서 왔어!

난 이자벨, 20살.
독일 사람.

뭐지?
나 혹시 선생님보다
더 늙은 거…?

외국에선 나이 묻는 거
실례 아님?!

올라!
난 멍작가라고 해.
한국에서 왔고.
나이는… 에… 스물… 아홉… 살.

최대한 해맑은 표정으로~!

수근수근~

무라고?

생각보다
연배가 있으시네….

스페인에서는 점심을 먹고 짧은 낮잠, 또는 휴식을 가지는 '시에스타'라는 개인적으로 매우 부러운 문화가 있다. 그래서 대부분의 상점들은 오후 2시부터 5시까지 문을 닫는다. 그렇게 늦은 점심과 낮잠을 즐긴 뒤 저녁은 대부분 9시가 다 되어서야 먹기 때문에 친구들과의 술 약속은 보통 밤 11시쯤이 시작이었다.

유럽에서 처음 찾은 한국레스토랑

한 번도 한국 음식을 먹어본 적이 없는 친구들의 성화에 못 이겨
스페인에서 처음으로 한국레스토랑에 가게 되었다.

다소곳~

어서 오세요.

단아~

와~ 한국에선 저렇게 입어?
진짜 이쁘다!
근데 넌 왜 안 입음?

나도 입었지.
내 한 살 생파 때.

잠깐….
그러고 보니 여긴…?

그곳은 요즘 한국에서도 찾기 힘든
동양의 미를 간직한
고전적인 인테리어의 음식점이었다.

금방이라도
누군가 가야금 들고
부채춤 출 포스…!

"난 비빔밥."

"난 잡채 누들을 먹겠어."

"난 불고기."

다들 먹고 싶은 걸 시켰고 잠시 후 기본 반찬들이 나왔다.

다들 기본 반찬에 큰 감동을 받았고, 우쭐해진 난 의기양양하게 말했다.

"반찬은 다 먹고 더 달라고 해도 돼."

이윽고 우리가 시킨 음식들이 차례로 나왔고
나는 하나씩 친절하게 먹는 방법을 알려주었다.

비빔밥은 밑에 밥이랑
다 같이 비벼서…

젓가락은 말이지, 후훗.

불고기는 이렇게
야채에 싸서…

오나라~ 오나라~~

그리고 누들이 먹고 싶다던 러시아 친구는
끝내 밥 없이 잡채만 오롯이 혼자 다 먹었다.

냠냠

"얘들아, 나 왠지 헬쉬해진 거 같음."
"맞아, 디톡스한 기분?!"
"역시 아시아 음식!"

지글지글~

과연 그럴까…?

울퉁불퉁 못난이 파전

바르셀로나에서 사귄 외국인 친구들과 첫 하우스 파티를 열기로 한 날. 파티의 주제는 '각자 자신 있는 자기 나라 음식 만들기'였다. 그때까지 한 번도 제대로 된 음식을 만들어본 적이 없었던 난 곧바로 고민에 휩싸였다. 한국에서 자취할 때 집에서 해 먹던 음식이라 해봤자 고추 참치 캔, 스팸, 김, 계란 프라이에 햇반 같은 인스턴트 음식이 전부였다.

온종일 고민하다가 결정한 메뉴는 바로 '해물 파전'이었다. 황급히 마트로 달려가 계란, 대파, 밀가루와 해물 파전의 구색을 맞추기 위한 새우 한 팩을 사 왔다. 대충 인터넷에 나와 있는 대로 반죽한 다음 프라이팬에 굽기 시작했는데, 문제는 지금부터였다.

기회는 한 번뿐!
넌 할 수 있어!

회사 면접 이후
최고 긴장 상태!

부들부들~

에라잇!!

철퍼덕~

하악~
개 망함.

그렇게 탄 부분, 찢어진 모서리를
다 자르고 나니⋯.

흐음~
한국식 애피타이저라고
해야 되나⋯.

귀욤~
깜찍~

• 하우스 파티를 여는 친구 집 •

이건, 뭐지?
다들 요리산가!?

그냥 깜빡했다고 할까….

아프다고 집에 갈까….

온갖 생각들이 머릿속에 가득 차 있는 가운데 한 친구가
내 가방 사이로 삐져나온 도시락통을 발견했다.

특이하게 생긴
팬케이크네….

맛있어!

유키는 한국 음식이 젤 좋아!

헤헤, 맛있대….

성공적인 요리사 데뷔로 오늘도 만취하였다.

가우디가 나에게

매일 밤 자정이 다 되어갈 때쯤이면 잠깐 동안 사그라다 파밀리아 성당에 불이 켜진다. 그래서 집에 가다 운이 좋은 날에는 한번씩 불이 켜진 사그라다 파밀리아를 볼 수 있다.

하루는 스페인 친구랑 같이 길을 걷는데, 그가 멋진 걸 보여주겠다며 나를 성당 뒤편 작은 호숫가로 데려갔다. 영문도 모른 채 가로수 등도 없는 어둑어둑한 나무 벤치에 앉아 맥주 한 캔씩을 홀짝거리고 있는데, 그 순간 내 눈앞에 나타난 그림 같은 한 장면에 그만 말문이 막혀버렸다.

마치 거울에 비추듯 호수 안에는 또 하나의 사그라다 파밀리아가 성당의 제일 높은 곳까지 완벽하게 담겨 있었고, 난 그렇게 시간이 멈춘 듯 멍하니 서서 행여나 그 아른아른 흔들리는 그림자가 내 마음 언저리에도 비칠까 바라보고 또 바라보았다.

대단한 장관이었다. 그 어떤 언어로도 형용할 수 없는 그 경관이 깊이 가슴을 울린 밤이었다.

내가 가장 사랑한 스페인 타파스바

스페인에 살면서 내가 가장 사랑한 것 중 하나는
바로 타파스바이다. 타파스란 작은 접시에 담긴
음식을 저렴한 가격에 여러 개 시켜서 함께 나눠
먹는 것으로, 유럽의 다른 나라에서도 그리 친숙
하지 않은 문화다.

타파스바에 가서 내가 주로 시키는 메뉴는 주린
배를 채워주는 감자튀김부터 바삭한 생선튀김
그리고 느끼함을 한결 덜어줄 매콤한 맛의 타파
스까지 다양하다.

파타타 브라바
토마토소스를 뿌린 스페인식 감자튀김.
어느 가게에서도 웬만하면 맛있는
가장 만만한 메뉴.

카요스
소 내장 스튜.
한국의 곱창전골 같은 맛.
호불호가 심하게 갈리지만
내 입맛엔 딱!

삐미엔또스 데 빠드론
고추튀김(볶음).
눅눅해지지 않게
얼마나 잘 볶는지가 관건!

보케로네스 후리토스
일반 한국 멸치보다
훨씬 건강한 멸치튀김.

감바스 알 아히요
새우, 마늘, 고추를 넣고
올리브 오일에 살짝 끓인 요리.
양에 비해 비싸서 자주 못 먹음….

독일 친구

프랑스 친구

한국에서는 친구들이랑 밥을 먹으러 가면 먹고 싶은 걸
두세 개 시켜서 같이 나눠 먹는 게 자연스러운 일이다.

• 한국 •

때론 반반씩 먹고 접시째 교환하기도 한다.

하지만 유럽에서 외국인 친구들과 레스토랑에 가면 상황이 좀 달라진다.

어쩌면 스페인에서 내가 유독 타파스바를 좋아했던 건 아마도 낯선 곳
에서 생각지도 못한 한국스러움을 느꼈을 때의 격한 반가움과 마음 한
편의 스산한 그리움 때문일지도 모르겠다.

집으로 가는 최단기 코스

배가 미어지도록 쳐먹은 날이면

으아아악-

집까지 굴러갈 수도 있을 것 같다.

자, 그럼 출발해볼까!

합-

오늘도 무사히 도착!!

여행이 일상이 되어버린다는 건 많은 의미를 내포하고 있다. 2년 전 바르셀로나 여행을 하면서 느꼈던 감동과 환상이 너무 컸던 이유도 있을 것이다. 언제까지나 지속될 것 같았던 두근대는 설렘과 기대감, 그리고 순간마다 벅차오르던 감정들을 비워내기 시작하고 서서히 현실과 마주하게 된다. 연애 초기에 그렇게도 뜨겁던 서로에 대한 감정이 시간이 흐르면서 조금씩 변하게 되는 느낌과 비슷하다고나 할까.

지난 몇 년 동안 회사원으로서 일했던 시간에 대한 보상이라도 받는 것처럼 나는 바르셀로나에 오자마자 매일 밤 어학원의 풋풋한 어린 친구들과 어울리며 정신없이 첫 서너 달을 보냈다. 밤늦게 돌아와 혼자 방문을 열고 불을 켤 때나 이제 막 친해진 친구가 방학이 끝나고 하나둘씩 돌아갈 때면 왠지 모를 허탈감과 외로움이 한꺼번에 밀려오고는 했지만 그럴 때마다 지금 나는 누구나 부러워할 자유와 행복을 누리고 있는 거라고 스스로에게 몇 번씩 되뇌었다.

그렇게 여행 중 느꼈던 설렘, 두근거림은 어느 순간 소소한 하루의 일상이 되어가고 있었다. 조깅하러 나갈 때마다 몇 분씩 황홀하게 올려다보곤 했던 사그라다 파밀리아 성당도 이제는 무심히 지나치게 되고, 길모퉁이 악사의 기타 연주나 온몸에 땀을 흥건히 적시며 춤추던 플라멩코 댄서를 바라보면서도 별다른 감흥 없이 휴대전화를 만지작거리게 되었다.

다 좋다, 너무 행복하다.
꿈에 그리던 바르셀로나에 살고 있는데 당연하다.
하지만 정작 난 그렇지 못했다.

그때 난 여행에서 느꼈던 낭만과 현실 중간 즈음에서 조금씩 무너지고
있었다. 초겨울 차가운 냉기가 올라오는 오래된 아파트의 돌 벽에 기대
어 몇 번의 밤을 지새우며 미래에 대한 불안과 걱정, 과거를 향한 미련
과 후회를 양손에 쥔 채 여전히 놓지 못하고 있었다.

하루는 답답한 마음에 친구와 전화 통화를 하게 되었다.
2년 전 바르셀로나 여행을 함께했던 그 친구는
영국에서 독일로 옮겨와 일을 시작했고
어느덧 자리를 잡아가고 있었다.

혼자 끙끙 앓지 말고
독일에 한번 놀러 와~!

…으응?
독일?!

전화를 끊고 그날 새벽 나는 결정했다.
스페인에서 독일로 이사 가기로.
2주 뒤 난 몇 박스도 채 안 되는 단출한 짐을 친구 집으로 부치고
미련 없이 바로 바르셀로나 공항으로 향했다.

흐음?

흡!

그리고 독일에 온 지 한 달 뒤 새 바지를 샀다….

Chapter 3

그저
흘러가는
대로

베를린의 소소한 행복

베를린에 도착했다.
학기가 시작할 때까지 반년이란 시간이 남아 있었고
이 기회에 한번쯤 베를린에서
살아보는 것도 괜찮을 것 같았다.

꺄악—
신호등까지 남다른
역시 베를린!

흔히들 베를린의 상징이라고 하면 귀엽게
양 손을 들고 있는 베어를 떠올린다.
길을 가다 보면 곳곳에 다양한 디자인과 색상의 곰들을
만날 수 있어서다.

하지만 베어보다 더 내 관심을 끈 건
너무나 귀여운 신호등맨(암펠만)이었다.
베를린에 도착한 다음 날, 중앙역 근처 암펠만숍에서
나는 암펠만 샤워 스폰지와 엽서 등 여러 물품들을 구입했다.

뭔가 사고 싶은 게 있을 때면
항상 하는 자기합리화.

흠….
그래, 커피 몇 잔 안 마시고
이거 사면 되지, 뭐.

그리고 커피는 커피대로 쳐마셔버린다.

여기,
아이스라떼 하나요!

그래도 암펠만 엽서를 볼 때마다
절로 번지는 미소.

헤헤~

매일 샤워할 때마다 느끼는 소박한 행복.

내가 베를린에
살고 있다니…!

베를린은 자유이자 행복이다.

아직은 살 만한 세상

베를린에서 처음 집을 구한 곳은 이민자들이 많이 거주한다는 '베딩
Wedding'이라는 지역이었다. 시내 중심가인 미테Mitte에서 그리 멀지 않
으면서도 집값이 비교적 저렴해서 거주지로 결정했지만 치안이 그다지
좋지 않다는 말이 많은 곳이기도 했다. 베딩은 특히 이민자 중에서도
터키인들이 많은 까닭에 골목마다 저렴하면서 맛있는 케밥 음식점들이
모여 있었는데, 종종 길에서 주고받는 터키 말을 듣고 있노라면 여기가
독일인지 다른 나라인지 헷갈리기도 했다.

나에게 터키라는 나라는 한국에서 '형제의 나라'로 불리는 것 말고는
아는 게 전혀 없었고, 무엇보다 베딩이 우범 지역이라는
말 때문에 조금이라도 수상쩍어 보이는 사람이 지나가면
지레 겁을 먹고 극도로 경계하곤 했다.
하루는 늦은 저녁 집에 오는 길에 은행에 들렀다.

흠…
어차피 은행 오는 것도 귀찮은데,
좀 많이 뽑을까….

독일은 웬만큼 큰 레스토랑이나 마트가 아니고서는
한국처럼 카드로 계산하는 건 흔하지 않다.
현금인출기에서 돈을 찾아 나가려는데, 그때 내 뒤에서 기다리고 있던
턱수염이 덥수룩하게 난 터키인 아저씨가 날 불렀다.

할 수 있는 최대한 아무렇지 않은 듯한 표정으로 뒤돌아봤다.

나름 난 다른 사람과는 다르다고 자신했지만
나도 모르게 편견에 사로잡혀 그 사람의 선한 행동을 의심하고
함부로 판단해버린 나 자신이 부끄러워 얼굴이 화끈거렸다.

잠깐!
이거이거, 어차피 잃어버렸을지도 모를
돈이잖아?

깔깔깔~

내 마음도 내 양손도 풍족~!

오랜만에 마음 편히 폭풍 쇼핑을 하였다.

예술가의 도시, 베를린

베를린은 유독 예술가들이 많이 모여 사는 도시이다.

난 옷가게에서 일하고 있고,
아티스트야.

넌 무슨 일을 해?

비록 지금은 아마추어밴드의 기타리스트지만,

아직은 책을 출판하지 못했지만,

아무도 내 작품을 알아봐주진 않지만,

적어도 나는 '누구'라고 당당히 말할 수 있는

그들의 명확함이 때로는 참 부러웠다.

곰곰…

아직도 입국신고서 직업란에
뭐라고 적을지 한참 고민하는 1인.

독일 사우나에서

어느 추운 겨울날,

쾰른에 있는 실내 수영장과 사우나를 가게 되었다.

오랜만에 수영장에 와서 신난 명작가.

그런데… 수영장 바닥에 발이 닿지 않는 것이다!!

알고 보니 성인용 수영장의 수심은 2미터가 넘었고

그 대신 벽에 홈이 파여 있어 발을 넣고 매달려 쉴 수 있었다.

결국 수영장을 몇 바퀴째 왕복하던 독일 물개 아저씨한테 혼났다.

수영장을 나와 곧장 사우나로 향했다.

얘기는 많이 들었지만 난생처음 가보는 독일의 남녀공용 사우나였다.

그래도 복도에서는 모두들 수건으로 몸을 감싸고 다녔는데
사우나 안에 들어오니 너 나 할 것 없이
감싸고 있던 수건을 활짝 펼쳐 자리에 깔고 앉았다.

모두가 평온한 사우나 안에서 나 혼자 안절부절 바닥만 쳐다보고 있었다.
잠시 후 한 여직원이 들어오더니 한 사람씩 앞에 서서 부채를 부쳤고
그때마다 불어오는 뜨거운 열기에 내 얼굴은 더욱더 불타올랐다.

그때였다.

정말 거짓말같이 사우나실로 동양인 남자 한 명이 들어왔고

순간 우린 서로를 본능적으로 알아봤다.

그래,

수영장이고 사우나고 체험은 이 정도면 충분했다.

엄마의 감자볶음

어렸을 때 우리 집 식탁엔
감자볶음이 빠지는 날이 없었다.
그때는 사실 두어 번 먹고는 손도 잘 안 대던 반찬이었
는데, 요즘은 집에서 뭘 해 먹으려고 하면 어느새 감자
볶음을 만들고 있는 나 자신을 종종 발견한다. 일일이
감자 껍질을 벗겨 얇게 채를 써는 게 좀 귀찮을 뿐이지
사실 감자볶음만큼 쉬운 요리도 없다.
감자, 당근, 양파를 먹기 좋은 크기로 채 썬 다음, 프라
이팬에 적당히 기름을 두르고 감자와 당근을 먼저 볶기
시작한다. 굳이 신경 써야 할 점이 있다면 다른 양념을
안 하므로 소금을 조금 많다 싶을 정도로 넣어주고, 센
불로 볶다가 불을 약하게 줄여 감자, 당근이 먹을 때 설
컹거리지 않도록 충분히 익혀주면 된다. 거의 다 되어갈

때쯤 마지막으로 양파를 넣고 조금만 더 볶다가 참기름,
후추 그리고 깨소금을 넣어주면 끝이다.

내가 감자볶음을 좋아하게 된 이유는 물론 외국에서 엄
마가 해준 집밥이 그리운 이유도 있지만 가장 큰 이유는
독일에서 감자가 정말 싸다는 것이다.

마트에서 감자 작은 포대 하나가 삼천 원 남짓하고 무엇
보다도 한 번 사면 보통 2~3주는 거뜬히 상하지 않고 먹
을 수 있으니깐 이보다 효율적이면서 맛도 좋은 재료가
없다.

신기한 것은 독일 사람들은 빵도 많이 먹지만 감자 또한
정말 많이 먹는다. 내가 다 먹는 데 3주가 족히 걸리는
감자 한 포대가 독일 일반 가정집에서는 일주일 정도면
바닥이 난다는 것이다. 고기 요리에 감자를 쪄서 곁들여
먹거나 찐 감자를 으깨서 조금 느끼한 크림소스를 뿌려
먹기도 하고, 또 동그란 모양으로 얇게 썰어 베이컨과
함께 볶아서도 많이 먹는다.

내가 마트에서 자주 사 먹는 것 중 하나가 찐 감자를 계
란, 마요네즈, 식초에 섞은 감자 샐러드인데, 밤에 출출
할 때 소시지 하나를 구워서 이 감자 샐러드와 같이 먹
으면 편의점 문화가 없는 독일에서는 간편하게 즐길 수
있는 야식이 된다.

예전에 서울에 혼자 올라온 지 몇 년쯤 지났을 때쯤
갑자기 항상 밥상에 오르던 엄마의 감자볶음에 대해 궁금해져서
엄마에게 물은 적이 있었다.

엄마, 근데
우린 밥 먹을 때
왜 맨날 감자볶음을 먹어?

좀 지겨운데…

…싫으면 먹지 마라!

네가 며칠 굶어봐야
정신을 차리재.

…….

…그거
너네 아버지가
제일 좋아하는 반찬이다.

없으면 또 찾는다….

그랬다.

난 항상 엄마가 꽤 무뚝뚝한 성격이라고, 특히 가끔은 아빠에게 왜 저리 차갑게 대하시나 하고 생각할 때가 종종 있었는데, 이런 점이 엄마 나름대로의 사랑 표현의 방식임을 알게 되었다.

말하지 않으면, 표현하지 않으면 상대방은 모른다고 흔히들 말하지만, 이렇게 일상에 자연스레 스며들어 있는, 뜨겁지는 않지만 마음끼리 느낄 수 있는 감정 표현만으로도 때로는 충분하지 않을까.

감기 증상

나에게 감기란 1년에 한두 번은 예외 없이 걸리는
반드시 거쳐야 할 연중행사 중 하나이다.
보통 감기에 걸렸다 하면
나타나는 증상의 단계는 분명한 편이었다.

처음에는 목이 따끔따끔하다가

아아-

머리가 아프고 열이 나기 시작한다.

흠- 열이 있나…?

이때 재빨리 감기약 한 알을 먹고 한숨 푹 자면
다음 날 언제 그랬냐는 듯이
멀쩡해지는 경우도 있다.

하지만 콧물이 줄줄 나면서 기침까지 시작하면

팽-
킁킁~

이번 감기는 적어도 일주일은 간다고 봐야 한다.
그래서 한국에 있을 때 감기에 걸리면
곧바로 병원에 가서 주사 한 대 맞고,
정체 모를 약들이 수북이 들어가 있는
일주일 분량의 약봉지를 받아오곤 했다.

하지만 독일에서 감기로 병원에 가면 매우 허무하게 느낄 수도 있다.

그런데 이번 감기는 뭔가 달랐다. 두 번째 증상은 아예 나타나지도 않았고, 첫 번째, 세 번째 증세가 순식간에 지나간 후 미친 듯이 기침을 하기 시작했다. 열이나 몸살 기운이 없는 건 그나마 다행이었지만 기침은 하루하루 지날수록 더 심하게 악화되었고, 결국 난 또 병원에 가게 되었다.

"백일해인 것 같습니다만."

"…네?"

생전 처음 들어본 단어에 의사에게 양해를 구하고 급히 휴대전화로 검색을 했다.

백일해란?
보통은 5세 미만 영아에게 주로 생기는 병으로, 무려 100일 동안 미친 듯이 기침을 한다고 하여 병 이름이 '백일기침' 또는 '백일해'이다.

"다른 아기한테 옮기면 큰일 나니 당분간 집에만 있으세요."

별수 없이 하루 종일 집에 있으면서

휴대전화로 유튜브 먹방 시청

하악- 족발이다~.

쩝쩝~

콜록콜록~

튀튀-

독서(인터넷 뉴스 실시간 검색)

아이고~
세상이 어떻게
되려고 하는지… 쯧쯧.

헐~ 대박!!
둘이 사겼던 거?

콕콕-
콜록콜록~

오웨웩-

외부와의
유일한 연결 고리

우울증 방지 과자들

혹시나… 해서
놔둔 책

유일하게
내 옆을 지키는
의리파 개 인형

비타민 섭취

필수 아이템

분명 '약 대신 물 많이'라고
하셨음.

그리하여 침대 1미터 반경으로 모든 물품을 구비해놓은 채
2주째 요양하며 누워서 지냈다.

그냥 그게 더 자연스러워 보였다

나에겐 전혀 안 닮은 쌍둥이 오빠가 한 명 있다.

그래도 갓난아기 땐 꽤 비슷했었다.

오빠가 더 이뻤던 걸 빼면……

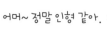

아이고,
애가 참 이쁘게도 생겼네.

어머~ 정말 인형 같아.

어릴 때 오빠와 나는 공평하게 규칙을 정해서 놀곤 했는데,

월요일에 농구를 했으면

화요일에는 인형 놀이를 한다.

헤헤~

오빠의 마지막 자존심.
바비 인형

그리고 수요일엔 축구, 목요일엔 역할극 놀이, 이런 식이었다.

주로 오빠는 인기남, 난 그런 오빠를 짝사랑하는 역할이었지만…….

난 그렇게라도 오빠와 노는 게 참 좋았다.

그런데 중학교에 입학하면서

난 오빠랑 농구를 하는 게 왠지 부끄러워졌다.

그렇게 어른이 되고 운동은 점점 내 관심에서 멀어졌다.

생각해보니 예전 회사에서도 체육대회가 있는 날이면
당연하게 다른 여직원들과 함께 벤치에 앉아 응원을 하곤 했다.

그냥 그게 더 자연스러워 보였다.
그런데 유럽에 와서 만난 친구들은 달랐다.

난 농구팀에 있어.

난 주말마다 축구를 해.

앗, 난 발리볼!

멍작가 너는?

...
난 특별히
하는 거 없어….

아, 조깅?!
(산책이겠지…)

하루는 친구 손에 끌려 공원에 가서 농구를 했다.
거의 대부분 공을 쫓아다니기 바빴지만
뭔가 기분이 참 좋았다.

졸졸졸~

어쩌면 난 다시 운동을 좋아하게 될 것 같다.

당신의 양심에 맡깁니다

독일의 지하철 시스템은 한국과 많이 다르다.

한국은 지하철 표나 교통카드가 있어야 개찰구를 통과해서 지하철을 탈 수 있는 반면 독일은 출입을 통제하는 기계나 사람 없이 바로 지하철이나 트램을 탈 수 있다. 기본적으로 개개인의 양심에 맡긴다는 원칙이긴 하지만 어쩔 수 없이 독일의 지하철에도 무임승차를 하는 사람들이 꽤 많이 있다. 이를 막기 위해 불시에 역무원들이 표를 검사하는데, 한눈에 알아볼 수 있게 철도회사 이름이 적혀 있는 유니폼을 입고 있을 때도 있지만 때로는 친구들이랑 조잘조잘 얘기하던 옆자리의 여학생들이 별안간 가방에서 검사기를 꺼내며 표를 보여달라고 하는 경우도 있다.

하루는 지하철을 타고 가는 중 옆 칸에서 표를 검사하고 있는
역무원을 발견했다.

오늘 또 여러 명 걸리겠네, 후훗.

할로-
표 보여주세요.

난 매번 표를 사기 귀찮아서 늘 월별 승차권을 사서 들고 다니곤 했다.

헉… 그러고 보니
이번 달 승차권을 아직 안 샀잖아!?

시간 개념 없는 백수 1인.

홋, 너에게로
가는 중….

빨리 문 좀 열어주세요!
제발, 제발….

표 없는 거 완전 들통남.

실례합니다,
거기요.

톡톡-

저기 있잖아….
난 벌써 6월인 줄도 몰랐어….

나 백수야….

응, 난 널 믿어.
여기 벌금 영수증-

이거 봐.
지난달 표도 샀었잖아.

한 달 안에 내렴.

일부러 그런 거 아니에요, 정말로!

브로이하우스의 웨이트리스

독일에 처음 와서 가장 많이 실수하는 것 중 하나가
레스토랑에서 주문할 때이다.

독일에서 소리 내어 종업원을 부르는 건
좋은 매너가 아니다.
특히 종업원이 바쁠 때면 인내심을 가지고
그 직원과 눈이 마주칠 때까지
기다리곤 한다.

뮌헨에 있는 호프 브로이하우스에 친구와 처음으로 간 나.
워낙 손님이 많아 한참을 기다리고 있자니 나이가 지긋한 할머니가
자리로 오셨다.

아… 여기 맥주 세 잔이랑
슈바인학세랑
바이스부르스트요.

그래, 주문할 거니?
내가 좀 바빴으니
이해하렴.

센스 있게 미리 한 잔 더 주문하는
혼자서 삼천cc 마시는 나.

휙ㄴ

너무 시크한
독일 할머니 웨이트리스.

잠시 후 할머니는 맥주 세 잔(3리터)과 음식들을 혼자서 들고 오셨고,
우리 테이블에 (말 그대로) 던져놓고 가셨다.

평소 욱하는 성격을 가진 친구는 화가 나서 말했다.

맥주 열 잔도 번쩍 들어 던져놓고 가는
시크한 웨이트리스 할머니.
오해가 풀린 친구는 한껏 신이 나서 맥주를 세 잔 더 주문했다.

어쨌건 모든 사람에게 사랑받는 건 불가능하다

예전엔 누군가 나에 대해 나쁘게 말하고 다니거나 나를 별로 좋아하지 않는 것 같으면 굉장히 신경이 쓰이고 어찌할 바를 몰랐다. 그래서 혹시 내가 뭔가 실수한 게 있는 건 아닌지 혼자 고민에 휩싸이기도 하고, 모든 잘못의 화살을 나에게로 돌렸다. 때로는 그 사람의 마음을 돌리고 싶어 괜스레 평소에 하지도 않던, 나답지 않은 행동을 하고는 이내 후회하기도 했다.

돌이켜보면 내가 왜 그렇게 스스로 피곤하게 사는 걸 자초했나 싶다. 어차피 모든 사람이 나를 좋아할 수는 없다. 제 아무리 이름만 들어도 알 만한 인기 있는 셀러브리티라 할지라도 정작 그 사람에게 전혀 관심이 없거나 딱히 이유도 없이 싫어하는 사람들도 있기 마련이지 않은가. 어쨌건 모든 사람에게 사랑받는다는 건 애초에 불가능하다.

꺅~

꺄아악~

오빠아~

사랑해요, 오빠!

누구지?
처음 보는데?

꺅꺅~

웅성웅성~

오빠, 여기 좀 봐줘요!

걘, 뭐냐?
키도 작고
하나도 안 멋있구먼.
괜히 길만 복잡하네. 쳇.

엄청 유명한 스탄데….

처음 독일에 왔을 때도 그랬다.
서로 모르는 사이라도 스스럼없이 대하는 이곳 사람들을 보며
마음을 열고 가까워지는 데까지 꽤 시간이 걸리는 편인 나는
조금 조바심이 났던 것 같다.
그래서 나 또한 처음 본 사람들과 더 과장된 소리로 웃고 들썩이며
그들이 날 적극적이고 활달한 성격으로 봐주길 원했다.

그냥 나 스스로를 인정하고
지금 내 모습도 괜찮다고 생각했다면
모든 게 더 편해질 수도 있었을 텐데…….

그렇게 한참이나 난 사람들과의 관계 속에서
지독히도 나 자신을 괴롭히고 혹사시켰다.

사람들에게 관심과 애정을 얻기 위해 일부러 만들어낸, 내
가 아닌 다른 모습으로 다가간다고 한들 결국엔 내 쪽에서
먼저 지쳐 나가떨어지거나, 분명 상대방도 진심으로
마음을 열지 않게 된다.

오히려 조금은 부족하고 소심하게
보일지라도 진짜 내 모습을 솔직하게
보여줬을 때 비로소 오랫동안 친밀한
관계가 형성되는 걸 경험했다.

물론 그러한 내 본모습이 마음에 들지 않는 사람도 분명 있
을 것이다. 하지만 지금껏 내가 살아오면서 느낀 것은 내가
좋아하고 날 좋아해주는 사람들만 진심으로 챙기기에도 시
간이 부족하다는 거다. 굳이 시간을 쪼개가며 나와 잘 맞지
도 않고 날 좋아하지도 않는 사람들에게까지 일일이 마음
쓰고 챙기기엔 심적으로나 체력적으로도 여유가 없고, 그렇
게 하고자 하는 의욕도 남아 있지 않다.

전혀 신경이 쓰이지 않는다고 하면 거짓말이겠지만 '뭐, 어
쩔 수 없지' 하며 조바심을 낼 그 시간에 대신 가족과 친한
친구들에게 한 번 더 안부를 묻고 사랑하는 사람들과 얼굴
을 마주하며 웃고 얘기를 나누는 걸 택하기로 했다.

무, 어쩔 수 없지···.
내가 싫다는데 어쩌겠어!

휙~

엄마 잘 지내?
별일 없지?

뭐해? 오랜만에
내일 맥주 한잔?

ㅋㅋㅋ~

헤헤헤~   하하하~

그녀들의 파리 여행

중학교 2학년 때인가 처음으로 가족끼리 유럽 패키지여행을 간 적이 있다. 사실 그 여행을 떠올리면 딱히 기억나는 건 없지만 유독 잊히지 않는 곳이 파리의 개선문이었다. 장엄한 개선문 아래에서 엄마, 아빠가 큰 소리로 싸우기 시작했고, 나와 언니, 오빠는 신기한 듯 쳐다보며 지나가는 사람들 틈에서 부끄러움으로 얼굴이 한껏 달아오른 채 발끝만 빤히 쳐다보던 잊을 수 없는 기억이 있다.

그 이후 고등학교 때부터 제일 친한 친구 세 명과 함께 두 번째로 파리를 여행하게 되었다. 친구들과는 대학교 1학년 때 처음으로 1박 2일의 짧은 여행을 간 적이 있다. 지금은 아마 운행하지 않는 춘천행 무궁화호에서 우리 넷은 도착할 때까지 쉴 새 없이 조잘대며 첫 여행의 흥분을 감추지 못했고, 우리가 서 있던 바로 앞 좌석에 앉아 있던 서울에서 온 커플은 강한 경상도 사투리를 듣고 우리가 싸운다고 오해하던 첫 여행의 추억이 있었다.

10년 만에 다시 넷이서 뭉치게 된 우리는 여행 전부터 한껏 들떴다. 하지만 그 긴 시간 동안 우리 각자에게는 많은 일들이 있었고, 그만큼 우리의 여행 스타일도 꽤 많이 달라져 있었다.

여유 추구파

관광지 위주의 여행보다는
카페나 바에 앉아 여유롭게
시간을 보내는 걸 선호함.

관광 추구파

이왕 시간과 돈을 투자해서 왔으니
볼거리는 다 둘러보고
사진도 최대한 많이 남기길 원함.

와인 한 병을 손에 쥐고 공원에 앉아 한가롭게 에펠탑을 바라보며 술
한 잔의 여유를 만끽하고 싶었던 나와 H.
하지만 가장 완벽한 인생 샷을 남기고 싶었던 Y와 M 덕분에 우린 에펠
탑 앞에서 2시간 동안 사진을 찍었다.

파리에 도착하고 둘째 날.
벌써 2시간째 에펠탑 앞에서
기념 촬영 중.

끄응-
짜증 폭발 직전!

자자- 여길 보시고
다 같이
김치이이이-!

됐다-
난 먼저 숙소에
가 있을게.

...

야호!

자, 그럼-
이제 정말 마지막으로
저쪽 건물 위에 올라가서
한 번 더 찍자!

부글부글~

휙~

윗면도
찍어줘야지, 헤헷.

인내심
한계에 도달.

여행 스타일은 달라도 언제 그랬냐는 듯

밤이면 어김없이 좁은 바에 옹기종기 앉아

너무 비싸서 한 모금씩 천천히 마셨던 술 한 잔에도

마냥 즐거웠던 우리들.

그런 우리가 있어 더할 나위 없이 좋은 여행이었다.

어머머머멋,
대신 서비스로
한 잔 더?!!

야, 네 티셔츠 어쩔….
ㅋㅋㅋㅋㅋ

꺄악~

헐… 얼른 닦기나 해~.
ㅋㅋㅋㅋㅋㅋㅋ

오호호호홋~

아, 미안!
괜찮아?

난 후회하는 걸까

외국에서 살면 어쩔 수 없이 가끔 억울한 일이 생기기 마련이다. 그럴 때마다 자연스레 '한국이었으면 이런 일이 없었을 텐데……' 하는 생각이 들곤 한다.

물론 비교를 하다 보면 억울함과 분한 감정만 끝없이 생겨나기 때문에 될 수 있으면 이해하고 순응하려고 노력하는 편이다.

사실 바르샤바공항에 도착한 날도 그랬다.

뮌헨에 살고 있는 친구가 폴란드로 출장을 가는데, 같이 가지 않겠냐는 말에 나는 즉흥적으로 바르샤바행 비행기 티켓을 끊었다. 비행기에서 내려 숙소에서 기다리고 있을 친구를 위해 서둘러 게이트를 빠져나가고 있는데, 갑자기 경찰이 내 앞을 가로막았다.

빨리 가야지.
친구 기다리겠다….

영문도 모른 채 난 그를 따라 공항 보안실로 갔고,
그곳엔 기내에서 언뜻 본 듯한 인도계 남자 두 명이
나란히 앉아 있었다. 내 여권을 들고 가버린 경찰을 기다리고 있는데,
왠지 탑승객 중 피부색이 다른 외국인만 골라서 검사하는 것 같다는
생각이 갑자기 스쳐 지나갔다.

순간 화가 치밀었지만 제일 먼저 여권을 돌려받으며
미안하다는 사과도 받았고, 지금 눈이 빠지게 나를 기다리고 있을
친구 때문에 나름 불만의 표시로 인상만 슬쩍 구긴 채
공항버스를 탔다.

아니 뭐, 나한테 사과도 했고-
아이쿠, 맙소사!
친구가 너무 기다리겠어!
서두르자~!

에잇,
너넨 오늘 운 좋았다!

다다다다다닥~

소심이 개쫄보

친구와 만난 시간은 이미 너무 늦었고
또 친구도 아침 일찍 미팅이 있다고 해서 우린 방에서 간단히 맥주
한잔을 하고 곧 잠자리에 들었다.

다음 날 아침 친구가 호텔 커피숍에서 직원과 미팅을 하는 동안
난 멀찌감치 떨어져 있는 다른 테이블에 홀로 앉아 커피를 마시며
기다렸다. 한 번씩 흘깃 쳐다본 그녀의 진지한 모습은 평소와는 사뭇
달라 보였고 불현듯 얼마 전까지 회사에서 일하던 내 모습이 생각났다.

처음이었던 것 같다. 회사를 그만두고 난 후 이런 기분이 들었던 건.
물론 일할 때의 기억이 한번씩 떠오를 때도 있었지만
이렇게 뭔가 허전하면서도 씁쓸한 감정은 아니었다.

'혹시 지금 나 후회하고 있는 걸까?'

전날 밤 공항에서의 유쾌하지 않았던 사건 때문이었는지, 오랜만에 잤던 깔끔하고 세련된 호텔 때문인지, 아니면 미팅 중이던 그녀에게 겹쳐진 예전 내 모습 때문이었는지 정확하게는 모르겠다. 물론 언제 그랬냐는 듯 난 그날 밤 바르샤바의 구시가지에 만연한 크리스마스 분위기를 한껏 즐겼다.

하지만 지금도 그 여행을 떠올리면 난 외국에 나와 직장에서 자리를 잡아가는 친구를 시샘이라도 한 것 같아 괜스레 미안한 마음이 든다.

모든 결정과 선택에는 어느 정도의 미련과 후회는 남기 마련이다. 그렇기에 그 선택으로 얻은 소소한 행복 하나하나도 잊지 말고 마음 한편에 간직하고 있어야 한다.

또다시 후회의 감정이 스멀스멀 올라올 때 단박에 꺼내어볼 수 있게. 그리고 내가 포기한 것들에 미련은 생기더라도 그것만 되씹으며 지금 이 순간을 망쳐버리는 실수는 더 이상 하지 않도록……

오-
엄마 젊었을 때
진짜 예쁘셨네!

근데 너랑은
하나도 안 닮음.
ㅋㅋㅋ

. . .

Chapter 4

점 하나가
길이 되고
꿈을 만들다

10년 만에 돌아온 대학 캠퍼스

한국에서 대학을 다닐 땐
대부분 강의 내내 교수님이 혼자 수업을 진행하고
강의가 끝나갈 무렵이면 언제나
형식적으로 물으시곤 했다.

질문 있는 사람 (혹시/설마…) 있나?

흠…
그럼 오늘은 여기까지~.

야, 매점 갈래??

이미 가방
다 쌌음.

꺄아악~ 좋지!
완전 배고파~.

어쩌다가 누가 질문이라도 하려고 하면

오오오~
그래 먼가?

상기된 얼굴

질문 있습니다.
아까 교수님이 말씀하셨던-

항상 대부분
맨 앞자리에서 질문을 함.

혈… 웬일,
정체가 뭐냐?

아, 짜증… 배고픈데….

그런데 독일에서 다시 학교로 돌아와 맞은 첫 학기는 뭔가가 달랐다.

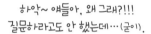

교수님 설명 중에
이미 손을 들고 있음.

교수님이 볼 때까지
계속 들고 있음.

심지어 이들은 질문을 하는 게 아니라 그냥 자신이 아는 걸
사람들 앞에서 말하고 싶어서 손을 드는 경우도 허다했다.

다른 사람이 말하고 있는
와중에도 손 들고
차례 기다리는 중!
(나도요, 나도요)

엄…
방금 교수님이 말한
학설로 말할 것 같으면
1830년에 처음으로-.

어쨌든 독일 수업 분위기가 이러하였기에
결국 난 교수님들의 집중 타깃이 되고 말았다.

아니요!!! 왜요!??@ㅣ!
난 손도 안 들었는데요,
질문도 없는데요!!

부럽...   크억

자, 이건 저기 가운데 앉은
(혼자 손 안 들고 있는)
(머리 큰) 학생이 답해보게.

차라리 그냥 아는 거라도 손 들고 말하는 게 나을 뻔함.

일반적으로 유럽 사람들은 아시아인들이 엄청나게
수학을 잘할 거라는 이상한 편견을 가지고 있다.

그런데

실제로도 (어느 정도는) 그랬다.

학창 시절 내내 '정석' 책으로 철저히 훈련되고

계산기 없이 문제를 풀어야 했던 우린

그들의 눈엔 틀림없는 '수학 천재'였던 것이다.

내향적인 여자의 속사정

나는 외향적인 사람이었다.
아니다.
나는 외향적인 사람이고 싶었다.

이런 단어들이 나는 그냥 불편했다.

그래서일까. 저녁때나 주말에 혼자 집에 있는 건 왠지 내가 저런 말들
에 정확히 들어맞는 사람이란 걸 증명하는 것만 같아 억지로 약속을 잡
고 사람들을 만났다. 하지만 낯선 이들에 둘러싸인 자리에 있을 때면
나 혼자만 느끼는 듯한 어색함에 어쩔 줄 몰라 연거푸 들이킨 몇 잔의
술기운을 빌려서야 자연스럽게 사람들과 어울리곤 했다.

가끔은 불편한 자리를 피하려고 온갖 핑계를 대며 집에 있기도 하지만
그럴 때면 나 자신이 괜히 작고 못나 보여 속이 상하기 일쑤였다.

밖에 나가려고 문을 열려다가도 밖에 누군가의 인기척이 들릴 때면
일부러 좀 기다렸다가 나가기도 한다.

지하철에서 그리 친하지 않은 사람을 만났을 땐

일부러 반대 방향으로 가서 앉기도 했다.

마침 저쪽에 자리가 있어서 가는 거다.
절대 피하는 거 아니다.

한번은 배탈이 심하게 나서 독일의 병원에 간 적이 있었다.

조용히 내 차례를 기다리고 있는데, 한쪽 구석에 앉아 있던 할아버지 한 분이 깜빡 잠이 드셨는지 너무 크게 코를 고는 바람에 주변 사람들이 서로 슬며시 눈을 맞추며 웃었다.

이게 뭐라고, 별것도 아닌데

왜 나만 이렇게 어색하고 부자연스러울까…….

슬그머니 주고받는 작은 웃음들이 좋아 보여 난 굳게 마음을 먹고
맞은편 아주머니를 보며 슬쩍 미소를 지었다.

지금은 적당히(내 기준으로) 사람들을 만나며 혼자 있는 시간을
즐길 줄 아는 아주 행복한 집 소녀가 되었습니다.

독일에는 사람들이 지나다니는 인도에서 조깅을 하는
사람들을 흔히 볼 수 있다. 그들은 건널목에서 신호가
바뀌기를 기다리는 동안에도 멈추지 않고 제자리에서
계속 뛰거나 작은 원을 그리며 반복해서 돌곤 한다.

나도 그들처럼 길에서 뛰는 운동이라도 해보려고 했지만
굳이 신호등 앞에 서서 제자리 뛰기까지 하며 운동하겠다는
강한 의지 따윈 내게 없었다.
결국 길거리 운동은 포기하고 집에서 10분 거리에 있는
대학교 근처의 헬스장을 등록하러 갔다.
대학가에 위치한 헬스장이라 그런지 군더더기 없이
필요한 운동기구들만 갖추고 있어서 깔끔해 보였고,
무엇보다도 19유로라는 저렴한 가격에
난 망설임 없이 1년 회원권을 끊고 말았다.

제일 만만한 러닝머신부터 시작하기로 했다.

하마터면 헬스장을 나이트클럽으로 만들 뻔했다.

그런데 이 헬스장에서는 운동기구 하나를 쓰고 나면
휴지에 세정제를 묻혀 일일이 닦아줘야 했다.
기구에 앉기 전에는 미리 커다란 수건을 자리에 깔고
운동을 해야 하는 등 여간 번거로운 게 아니었다.

운동하는 것도 귀찮은데,
지금 뭐 하는 거지?

큰 타월도
이거 하나뿐인데….

빨래도 다시 해야 되고~

궁시렁~ 궁시렁~

주름 없이!!

착착~

간만에 몸 좀 풀었군.

험험~

덜덜덜~

총총총~

…크헉
저… 저 할머닌
뭐지!!?!!

웬만한 독일 할머니보다 허약한 팔 힘 보유자.

그렇지만 가장 적응이 안 된 건 샤워실이었다.

아무리 가격이 저렴하다고 해도 기계에 회원카드를 대고 나서부터

정확히 7분 안에 샤워를 끝내야 했다.

처음이라 시간 계산을 미처 하지 못했던 난 결국

샤워 거품을 채 씻기도 전에 물이 끊어져버렸다.

그리고 나서 8개월째 헬스장에 기부 중입니다.

수업을 듣는 학생의 세 가지 유형

외국어로 수업을 듣다 보면 다양한 유형의 학생들이 있다.

1. 언어는 굉장히 빠르고 유창하지만 말의 요점을 모르겠다.

2. 언어는 다소 어눌하고 느리게 말하지만 묘하게 설득된다.

3. 그리고 묵언 수행 중인 한 사람.

그때 그 선배의 느릿한 존댓말

그 선배는 언제나 예의 바른 사람
이었다. 한참 후배였던 나에게도
항상 조용하고 느릿한 존댓말로 말
을 걸곤 했던 선배. 선배의 그런 말
투가 어색해서 괜스레 싱거운 농담
이라도 던지면 그는 소리 없이 웃
으며 조곤조곤 대답하곤 했다.

저기… 제가 방금 보낸
취합 자료…
입력 부탁드립니다.

선배님,
제일 먼저 보내면 커피 쏘시는 거예요?

아하… 하…
선배님, 농담이었어요.

그럼요,
언제든지 말씀만 하세요!

바로 보내드릴게요!

오전 11시가 넘어가면 모니터 위에 띄워진 사내 채팅창에서는
점심 메뉴에 대한 얘기가 오가고
타자를 치는 손길도 더욱 분주해지곤 했다.

선배님,
오늘 점심 간만에
부대찌개 어때요?

오- 그럴까?
팀장님 자리에
안 계실 때
슬쩍 나가자.

1층 로비에서
만나요.

특별히 팀 전체가 같이 점심을 먹는 게 아니라면
팀장님과 함께 밥을 먹는 게 불편해서 몇몇 직원들끼리는
몰래 빠져나와 점심을 먹으러 가기도 했다.
특히 회식 날이면 비어 있는 팀장님 옆자리를 피하기 위해
일부러 입구에서부터 늑장을 부린 적도 있었다.

어이쿠, 신발 끈이
왜 이렇게 안 풀리지….

흠—

그때마다 어김없이 팀장님에게 다가가
점심은 어떻게 할 건지 물어보고, 사람들이 꺼리는 팀장님 옆자리에
줄곧 앉던 사람은 그 선배였다.
솔직히 그때는 선배가 상사에게 얼마나 잘 보이고 싶으면
저렇게까지 애쓸까 싶어 조금은 밉상이기도 하고
의아해하며 곱지 않은 시선을 보냈던 게 사실이다.

저 선배는 왜 맨날
굳이 저렇게까지 하지…?

회사를 그만두고 어느덧 나도 삼십 대가 되고 나니 그런 생각이 들었다.
어쩌면 그때 그 선배의 행동은 순전히 사람에 대한 그 선배 나름의 선
한 배려가 아니었을까.

그땐 전혀 생각하지 못했지만 사실 뒤편에 앉아 있던 팀장님이나 부장
님들도 우리와 마찬가지로 연일 쏟아지는 업무에 지치고 상사의 눈치
를 봐야 하는 보통의 사람이었을 거다.

아… 네, 그게 아니라
이번 달은 어쩌고저쩌고—
죄송합니다….

아니, 이번 달
자네 팀 실적이
왜 이 모양인가?

장난 치나?

안절부절….

얼마 전 무슨 서류를 찾다가 한 편지봉투가 바닥에 툭 떨어졌다.
회사에서의 마지막 날, 선배가 선물이라며 준 책 사이에 있던
하늘을 닮은 색상의 편지지.
길지는 않지만 정성스레 한 자씩 꾹꾹 눌러쓴 그 선배의 편지였다.

'잘할 거예요. 어디서든⋯⋯.'

군더더기 없이 짧은 그 말 한마디가
한 번씩 하던 일을 그만두고 싶을 때마다
나에게 얼마나 커다란 위로가 되었는지
아마 그 선배는 모를 것이다.
그 선배의 유난히 예의 바른 존댓말과 따뜻한 마음씨가
지금도 가끔 생각이 난다.

딴짓을 하면 좋은 점

1. 책상 주변이 매우 깨끗해진다.

자, 이제 논문을 시작해볼까!

아쟈아쟈!

으응?
책상이 왜 이렇게 어질러져 있지…?

이렇게는
절대 집중할 수가
없지!!!!!

부시럭~
부시럭~

슥슥슥-

형광펜이 어딨더라….

이런, 맙소사.
서랍은 또 왜 이리 엉망인 거지!

흠… 이러다간 물건 찾다가
시간이 다 가겠군.

안 되겠다.
일단 서랍부터
정리하잣!!!

난 합리적인
사람.

2. 귀찮고 하기 싫었던 일을 향한 의욕이 넘친다.

어, 엄마~
약국에서 크림이랑
비타민 사서 보내달라고?
아냐, 귀찮긴-
당연히 사러 가야지.
누구 부탁인데, 호호호.

스르륵~

탁-

아휴, 엄마 부탁인데
안 갈 수도 없고 말이야~ ㅋㅋㅋㅋㅋ

꺄아악~

그럼
오늘은 쇼핑하는 날!

3. 아주 우연한 기회에 꿈을 발견할지도 모른다.

하기 싫다, 하기 싫다.
하기 싫다, 하기 싫다.
하기 싫다, 하기 싫다….

그래, 결심했어!!

그래!!!
이럴 시간에 차라리
독일어 공부를 하자!!

그렇게 난 독일어로 그림일기를 쓰기 시작했다.

처음엔 한 페이지를 다 채우는 게 부담스러워 빈칸에 한두 개씩

그림을 그리곤 했는데, 이게 웬일인지 너무 재밌는 것이었다.

게다가 틀린 문법을 고쳐주기로 약속한 제이미의 반응도 괜찮았다.

그리고 이것이 지금 이 책의 시작이었다.

빨래를 널다가 문득

・하우스메이트와 살고 있는 독일의 아파트・

헐, 정말?
아니, 걔는 왜 그랬대.

아휴, 얘는 빨래를 돌리고
그냥 나가버렸네….

가득-

응, 아냐, 계속 말해.
빨래 좀 꺼낸다고.

• 잠시 후 •

이렇게 빨리
마를 리가 없는데….

아니, 그래서
내가 있잖아.

야, 잠깐만~!

설마…
아닐 거야….

흐음-
뭔가 잘못된 것 같은
이 찝찝한 기분은 뭐지….

…쿵쿵

두근두근~

에이씨, 이 냄새는….

ㅅㅂ

스르륵-

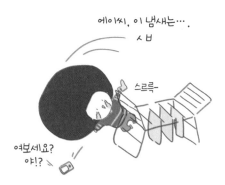

여보세요?
야!?

처음으로 룸메이트에게 욕을 했다.

관계가 언제나 한결같을 순 없다

언제부터인가 여행은 항상 오래전부터 알고 지내온 친한 사람하고만 가게 된다. 서로의 성격이나 성향을 어느 정도 이미 파악하고 있기 때문에 행여나 여행 중에 크고 작은 갈등이 생겨도 비교적 쉽게 풀 수 있고, 그렇기에 더욱 부담 없이 함께 여행할 수 있기 때문이다. 하지만 이번 스톡홀름 여행은 달랐다.

알게 된 지 얼마 되지도 않은 사람들이랑 덜컥 여행을 가기로 한 것이다. 술자리에서 이번 크리스마스 때 특별히 할 거 없으면 다 같이 여행이나 가자고 장난스레 말을 꺼냈는데, 진짜로 표를 예매했고 함께 가게 되었다.

구시가지인 감라스탄 역에서 내려 오른쪽으로 쭉 걸어가다 보니 출구를 채 나가기 전부터 거짓말처럼 눈앞에 바다가 일렁이고 있었다. 500미터 정도 떨어진 곳에 정박되어 있는 100년이 다 되어가는 오래된 요트 호텔이 바로 오늘 밤 우리 숙소였다.

생각했던 것만큼 날씨는 많이 춥지 않았지만 부두 앞이라서 그런지 바람이 제법 거세게 불었고, 이번 여행을 위해 새로 구입했다는 일행 중한 명의 넓은 챙모자가 바람을 따라 이리저리 날아다니는 바람에 혹시라도 모자를 놓칠세라 모두 바쁘게 뛰어다녀야 했다.

생각만 해도 낭만적인 크리스마스의 스톡홀름. 이 도시에서 계획했던건 딱 두 가지였다. 이케아에 갈 때면 항상 잼에 발라먹는 미트볼을 먹곤 했는데, 스톡홀름에서 현지 미트볼을 맛보는 것과 스칸센 공원에서순록을 보는 것.

살인적인 물가의 북유럽답게 이케아의 저렴한 미트볼과는 비교도 안되게 비싼 가격이었지만 으깬 감자와 오이 절임, 그리고 탱글탱글한 링곤베리잼이 함께 나온 미트볼은 기대 이상으로 만족스러운 맛이었다.

으깬 감자   오이 절임

링곤베리잼

스웨디쉬 미트볼

무거운 썰매를 끌며 하늘을 날아다니는 루돌프를 떠올렸던 나에게 스칸센 공원의 가장 높은 언덕에 사는 순록은 조금 마르고 힘이 없어 보였다. 다른 동물원에 비해 훨씬 넓은 공원에서 비교적 자유롭게 돌아다니는 순록의 모습에 착잡했던 마음이 조금은 가벼워졌지만.

얘들아…
왜 이리 말랐어?
엉엉엉-.

겨울이라서 대부분의 동물들은
방문객들에게 방해받지 않는 숨겨진 공간에서 자고 있었고,
아쉬운 마음에 우린 나가는 길목에 있는
목재로 만들어진 아담한 기념품 샵에 들렀다.
난 나무로 만든 순록 모양 와인 마개를 손에 들고
아마도 한참을 들여다본 것 같다.

언니, 선물이야!
이제 와인 마실 때마다
우리 생각해야 돼! 헤헤.

그럼, 매일 우리 생각하는 건가?
아하하하하하하.

쑥스럽네~.

내 가방에
일단 넣어둘게.

아…
고, 고마워.

내가 보고 있던 거 봤나…?

순간 쉽게 보여주지 않는 나의 숨겨진 모습을 들킨 것 같아 민망하고
부끄러워서 제대로 고맙다는 말도 하지 못했다.
그런데 숙소로 돌아와서 보니 와인 마개가 없어진 것이다.

야, 무라고!?!
웃기시네!

...
난 정말 괜찮아.
이제 제발 그만!

자고 싶다….

끄응—

버럭!

야밤의 난투극

네가 좀 잘 챙기지 그랬어!
으그, 네가 하는 게 다 그렇지.

받은 거나 다름없는데, 뭐.
어차피 와인 한 병 따면 다 마셔버림.
마개 따윈 필요없음, 하하하하하하.

하하하하하~

그때 그런 생각이 들었다. 어쩌면 내가 지금껏 생각해왔던 것처럼 관계의 깊이가 언제나 시간의 길이와 비례하는 건 아니라고.

실제로 중학교 3년 내내 붙어 다니며 하루만 못 봐도 허전해서 죽을 것 같았던 친구와 이젠 만나도 간단한 안부를 묻곤 딱히 할 말이 떠오르지 않아 애꿏은 휴대전화만 만지작거리게 되는 사이가 되고, 고등학교 때 영원할 것만 같았던 친구와는 지금 서로 연락처도 모른다. 어디 그것뿐인가. 한때 회사라는 한 공간에서 누구보다도 많은 시간을 공유했던, 어쩔 땐 친구보다도 친밀하게 느껴졌던 옛 직장동료도 회사를 그만두고 나니 '우리 한번 봐야지'란 말만 반복하는 사이가 되어버렸으니.

더 이상 그들과 지금 현재의 내 일상을 공유하지 않기 때문에 공감할 일은 줄어들고 자연스럽게 멀어지게 되는 건 어쩌면 당연한 일인지도 모른다. 그렇다 하더라도 난 왠지 어렸을 때부터 친하게 지낸 오랜 친구와의 관계에 더 의미를 부여하고 집착하는 편이었다. 어찌 됐든 우리가 함께 보낸 숱한 시간들은 결코 무시할 수 없다는 게 내 단순한 지론이었다.

도대체가 언제 어떻게 내 마음을 온전히 열어야 할지 그 타이밍이란 게 난 아직도 참 어렵기만 하다. 그래서 내 손에 덩그러니 놓여 있던 그 순록 모양의 와인 마개를 본 순간 멈칫했던 건지도 모른다. '왜 이렇게 이들은 나에게 친절할까?'라는 참 옹졸한 마음과 동시에 어느새 느껴졌던 그들과의 끈끈한 연결 끈 같은 것 때문에.

어쩌다 보니 졸업식

연재를 시작하고 사람들이 자주 하는 질문이 있다.
"근데, 네 캐릭터는 왜 이렇게 머리가 커?"
분명 한국에선 내 머리가 그다지 큰 편이 아니었던 것 같은데,
독일에 와서는 한번씩 자괴감이 드는 순간들이 있었다.

졸업식을 앞두고 미리 인터넷으로 주문했던
졸업 가운과 학사모가 도착했다.

그래,
니가 머리가 큰 편이
절대 아닌데,
이상하네….

현실 부정
(팔은 안으로 굽는다)

헐, 이거 스몰 사이즈 아냐?
완전 콩만 한데….

이거, 이거 상표를
잘못 붙인 거 아님?!!

혹시나 하는 마음에
이미 엑스라지 사이즈로
주문한 학사모.

그리고 졸업식 날이 되었다.

한참을 기다리고 있다가 드디어 내 이름이 호명되었고

나는 두근두근 떨리는 마음으로 강단으로 올라갔다.

멍작가 올라와 주세요.

머리에 안 들어가
조심스레 얹혀만 놓은 학사모.

조심조심~
덜덜~

떨어지면
개망신이닷!

클라우디아 교수님

하지만 졸업장을 받기 위해 손을 내밀려고 하면

머리 위에 얹혀놓은 학사모가 계속 미끄러지는 것이었다.

결국엔 한 손으로 학사모를 이마 라인에 붙인 채로
교수님과 기념사진을 찍었다.

그렇게 엄마는 자리에 앉아 깊은 숙면을 취하셨다.

딱히 뭔가를 하지 않아도 충분히 좋은

1박 2일의 짧은 여행 일정임에도 불구하고 나랑 제이미는 저녁 9시가 넘어서야 코펜하겐 공항에 도착했다.

평소 자주 애용하는 저가항공사 라이언에어의 단점 중 하나이긴 하지만 그래도 다른 항공의 절반도 안 되는 저렴한 가격의 유혹을 뿌리치기란 쉽지 않았다. 지금 나에게 없는 건 돈이요, 남아도는 건 시간이라 생각하니 한 번도 안 가본 도시에 살며시 발이라도 딛는 것에 의미를 두기로 했다.

처음엔 어차피 하룻밤만 지내고 돌아가야 하니깐 오늘은 밤새도록 신나게 놀자고 의욕적인 계획을 세웠다. 하지만 퇴근하고 곧장 공항으로 왔던 제이미는 평소보다 더 피곤해 보였고, 돈 없는 유학생인 나에겐 코펜하겐에 도착해서 늦은 저녁을 먹기 위해 들어간 레스토랑의 가격이 부담스러워 선뜻 주문도 하지 못한 채 연신 메뉴만 뒤적이고 있었다.

크헉!
덴마크 궁중요리야, 뭐야?

왜케 비쌈??

아… 나가고 싶다.

있잖아,
요기 앞에 맥도날드 있던데….
우리 햄버거 하나씩 먹고
술이나 마시러 가자.

그, 그럴까?!
(급화색)

그래, 어차피 늦었는데,
밥은 무슨.
데헷ㅡ

그렇게 빅맥 세트로 시작된 그날 밤은 이상하게도 전혀 흥이 나지 않고
오히려 점점 가라앉는 듯했다.
벽에는 두 개의 다트 판이 덜렁 붙어 있고
중앙엔 생뚱맞게 당구대가 덩그러니 놓여 있던 어느 캄캄한 바에서
우린 맥주 두 잔을 시켜놓곤
은근히 서로 눈치만 보고 있었다.

"우리 오늘은 이만 숙소로 돌아갈까? 너도 너무 피곤해 보이는데……."

"으응…. 그럴까? 넌 괜찮아? 이렇게 그냥 가도……."

"응, 당연하지!"

그렇게 우린 숙소로 돌아와서 간단히 세수만 하고 이내 푹신한 침대 속으로 들어갔다. 혹시나 하는 마음에 편의점에서 사 온 맥주 두 캔은 고스란히 비닐봉지 안에 넣어둔 채로 나는 들고 온 책을 펼쳤고, 제이미는 영화를 봤다.

맥주 두 캔과 과자

그러고는 누가 먼저랄 것도 없이 잠이 들었고, 눈을 떠보니 작은 방 창문의 커튼 틈으로 얼어 있는 날씨를 조금은 보듬어주는 햇빛이 비치고 있었다.

일찌감치 체크아웃을 한 후 파스텔 톤으로 칠해진 오래된 목조건물이 줄지어 서 있는 늬하운 운하 근처의 크리스마스 마켓에 들러 샌드위치와 따뜻한 커피로 목을 녹였다. 비행기 시간 때문에 세계에서 가장 오래된 티볼리 테마공원의 아름다운 야경은 아쉽게도 보지 못했지만 오밀조밀 크리스마스 장식으로 한껏 꾸며놓은 공원을 따라 찬찬히 일상에서 산책하듯 둘러본 후, 그렇게 다시 독일로 돌아왔다.

딱히 특별한 목적도 없이 그냥 어딘가로 훌쩍 떠나고 싶을 때가 있다.
꼭 뭔가를 해야 되는 게 아니라 낯선 어딘가에 있다는 그 자체만으로도
그냥 좋은, 어쩌면 일상의 연속 같은 여행. 그리고 굳이 말하지 않아도
서로의 생각이나 마음을 금세 알아채는 마음이 편안한 사람과 함께라
면 더욱 좋은.

코펜하겐에서 지낸 이틀도 채 안 되는 시간 동안 제이미와 나는 그리
많은 것을 하진 않았지만 그것만으로도 우린 이미 충분히 좋았다.

긴 머리에 하늘거리는 코트를 입고 있던 엄마

어느 날 노트북에서 뭔가를 찾고 있는데,
우연히 20년은 족히 된 듯한 엄마 사진을 발견했다.
사진 속 엄마는 정성스레 드라이한 긴 머리에 반짝이는 핸드백을
옆에 메고 하늘거리는 긴 코트를 입고 있었다.

친구에게 사진을 보여주었다.

내가 가장 좋아하는 사진 중 하나는 독일에 엄마가 왔을 때 친구네 가족과 시칠리아섬에 여행 가서 찍은 사진이다.

하루 종일 걸어서 지칠 대로 지친 데다 감기 기운까지 있던 엄마가 걱정이 되어서 일부러 이 층으로 된 관광버스를 탔었는데, 가뜩이나 쌀쌀해진 날씨에 창문도 없이 완전히 오픈되어 있는 이 층으로 드센 비까지 들어오기 시작했다.

추위를 많이 타는 내가 옆에서 덜덜 떨고 있는 걸 본 엄마는
이내 하고 있던 스카프를 나한테 둘러줬다.

엄마도 기침하잖아⋯⋯.

잔말 말고
퍼뜩 이거 메라.

그때 마침 앞에 앉아 있던 친구가 뒤돌아보다 찍어준 사진인데,
사진 속 엄마는 스카프를 메어주던 손으로 나를 꽉 안고 있었고
나는 익숙지 않은 엄마의 포옹에 쭈뼛하면서도
어느새 활짝 웃고 있었다.

그리고 그날 밤, 엄마는 감기 기운이
더 심해져서 그만 몸살이 나버렸다.

콜록콜록~

얼마 전 인터넷에 누군가가
할머니가 돌아가신 후 남은 짐을 정리하다가 찍은 사진을 올린 걸
본 적이 있다.

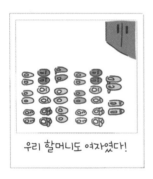

우리 할머니도 여자였다!

사진 밑에는 장난스럽게 '우리 할머니도 여자였다!'라고 적혀 있었는데,
재밌어서 올린 사진일 텐데도 난 왠지 가슴 한편이 아릿한 기분이 들었

다.

엄마도 분명 예쁜 걸 보면 사고 싶어서

안달이 나던 때가 있었을 테고,

또 아마도 뭔가 간절히 하고 싶었던 꿈도 있었을 게다.

지금껏 살면서 한 번도 생각해본 적 없었던,

우리 가족을 위해서가 아닌 온전히 엄마 자신을 위해 살았던

지난날 엄마의 싱그럽던 시간들이 갑자기 궁금해졌다.

여기가 한국이었어도
이랬을까….

아, 추워….

덜덜덜~

Chapter 5

난 또다시
흔들렸다

그래, '거기까지'라고

노랫말 가사처럼 누군가 '거기까지'라고 툭 한마디 던지기라도 하면
바로 '그렇지…' 하고 포기할 것만 같은 나날이었다.

도전과 안정.
하고 싶은 일과 할 수 있는 일.
나의 꿈, 그리고 지금 눈앞의 현실에서
난 또다시 흔들렸다.

학교를 다니던 2년 동안은 그래도
소속감에 마음은 편안했다.
적어도 사람들 앞에서 당당히 밝힐
소속 기관과 핑곗거리가 있었으니.

하지만 어느덧 졸업을 했고,
누군가 이제 뭐 할 거냐고 물어보면
난 그냥 회사를 알아보고 있다고 얼버무리곤 했다.

넌 이제 뭐 할 건데?

나?
…지금 회사 알아보고 있지….

먼 길을 돌아와 어렵게 찾은 내 꿈과 하고 싶은 일.
그런데 그것을 자신 있게 말하기엔 나조차도 확신이 없었다.
지금보다 자유로워지기 위해, 내가 진정 원하는 삶을 찾고자
떠나왔지만 여전히 나는 타인의 시선 안에 구속된 삶을 살고 있었다.
한참 작업을 하다가도 슬그머니 취업 사이트를 검색하고 있던 나.

그렇게 나는 다시 회사로 돌아갔다.

주섬주섬

화상 인터뷰 면접

그건 내 인생 두 번째 면접이었고
화상 인터뷰임에도 불구하고 어김없이 떨렸다.

잘하고 있나….

화면으로도 나타나는
미세한 볼 떨림.

아무 말 대잔치 중.

아무짝에도 쓸모없는
예상질문 답안.

아래는
귀요미 수면 바지.

떨려서 이미 원샷한
맥주.

역시 난 안 돼….

우헝헝헝헝

폭망한 듯….

축하, 축하!

대박!

꺄아아악─
나 합격했대!!

아니, 너무 빨리 답이 온 거 아님.
그렇게 놓치기 싫었던 건가, 후훗.

이거, 참!

다른 데
더 넣어봐야 하나 싶고─

. . .

사람의 마음은 참 간사하다.

인터내셔널회사에서 일한다는 건

독일의 다국적회사에서 일한다는 건 한마디로 이러하다.

에피소드 1.

…

가령 회사에서 일하다가 재채기를 하면

여기저기에서 들려오는 다양한 리액션들.

에피소드 2.

...

금요일 오후에 회사 옥상에서 맥주를 마실 때면

샬릇!

프로스트!

짠! 건배!

치얼스!

마음은 하나, 표현은 제각각!

다, 당케 쉔!

회사에 출근한 지 며칠이 지난 어느 날,
첫 출근 때 어리바리한 나에게 각종 사무용품을 챙겨줬던
총무팀 여직원의 생일이었다.

여기 펜이랑 포스트잇~
가지고 가서 쓰렴.

11시에 자리에 모여서 같이 축하해달라는 이메일을 받고
아직 딱히 할 일도 없던 나는 단숨에 달려갔다.

당케 쉔!
(정말 고마워!)

알레스 구테!
(생일 축하해!)

아…
알레스 구테라고
하면 되는군.

알레스 구테~
알레스 구테~

중얼중얼   두근~

드디어 내가 인사할 차례가 되었고, 이미 나름 몇 마디 나눴던 사이라
난 활짝 웃으며 그녀를 축하해주었다.

…으응?   당케 쉔!
아… 그래…   (정말 고마워!)

태어나줘서 정말 고마워. ㅠㅠ

'예민하다'와 '세심하다'의 그 한 끗 차

가끔 난 참 예민해질 때가 있다.

그럴 때면 일도 손에 안 잡히고

어김없이 술을 마시며

쉬이 잠들지 못해서 새벽까지 뜬눈으로 지새우기도 한다.

예민한 사람은 살도 잘 안 찐다는데, 그 와중에 난 밥은 참 잘 먹는다.

으아아아악-
양푼 비빔밥!!

놀랍게도 지금껏 살아오면서 정작 나 자신은 그걸 몰랐다는 거다!
하루는 집에 와서 친구와 전화 통화를 하게 되었다.

나 지금 같은 팀에
여직원이 한 명 있는데, 진짜 예민함.

걘 왜 그리 피곤하게 살까?

응, 근데 있잖아….
너도 한예민하잖아…. ㅋㅋㅋ

으응?
무슨 말이지…?

너도 신경 쓰이는 일 생기면
잠도 못 자고
술 쳐마시고~. ㅋㅋ

아마 그 여직원도 너 보면서
똑같이 생각할걸~. ㅋㅋㅋ

그러고 보면 난 정말 화가 머리끝까지 나지 않는 이상 웬만하면 다른 사람과 싸우지 않고 내 감정을 드러내지도 않는다. 물론 내가 대단한 평화주의자이거나 타인에 대한 이해심이 넘쳐나서 그런 건 결코 아니다. 단지 싸우고 나서 이내 불편해져 버린 그 후의 시간들이 내가 견딜 수 없기 때문이다. 그래서인지 난 결국 먼저 미안하다고 사과하고 만다.

미안-.
내가 잘못했어.
이제 그만 풀어.

뭐지, 이 기계적인 사과는….

"너 너무 예민한 거 아냐?"

이 말을 들었을 때 긍정적인 의미로 받아들일 사람은 아마 없을 것이다. 이 사회에서 예민하다는 건 뾰족한 칼날처럼 신경이 날카로워 쉽게 다가가거나 어울리기 힘든 성격으로 받아들여지곤 하기 때문이다. 하지만 이런 생각이 들었다.

'예민하다'와 '섬세하다'는 사실 한 끗 차이일 수도 있다고.
다른 사람에게 큰 피해를 주지 않는 예민함은
어찌 보면 섬세함과 같은 범주에 둘 수도 있지 않을까?

예민한 성격을 가진 사람은 그만큼 타인의 사소한 말이나 행동 하나하나 혹은 주변에서 쉽게 놓치기 쉬운 작은 것들에 더 주목하고 관심을 가지며 남다른 의미를 부여하기도 한다. 나도 한 번씩 늦은 밤에 잠이 안 와 가만히 침대에 누워 있다 보면 불현듯 중간에 막힌 채 풀리지 않았던 이야기에 대한 아이디어가 떠올라 황급히 휴대전화에 메모해놓기도 한다.

너무 지나쳐서 주위 사람들에게 부정적인 영향을 끼치는 게 아니라면 행여나 나의 이 예민한 모습을 들킬까 봐 전전긍긍하며 숨기려고만 할 게 아니라 예민함이 가지고 있는 이런 섬세한 면도 인정해주고, 있는 그대로 받아들일 수도 있지 않을까?

• 한국에서 일할 때 •

어느 금요일 저녁

오늘 팀 회식이니
다들 빠짐없이 참석하도록~!

아… 약속 있는데….

아, 금욜인데… 에잇!

네!!

엄마, 나 오늘 회식이래.
저녁에 애들 좀 봐줄 수 있어?

• 독일에서 일할 때 •

한번씩 한국 회식이 그리울 때가 있다.

멀고도 가까운 관계, 김치

프랑크푸르트에는 쾰른에 비해서 한국 음식점들이 많은 편이다.
하루는 정말 오랜만에 한국 식당에 가서 점심을 먹고 왔다.

• 회의실에서 •

끄응…
나 때문인가? (괜히 혼자 찔림)

자, 회의를 시작해볼까?

잠깐만~

• 동료 직원의 자리에서 •

저기, 나 뭐 하나
물어볼 게 있는데….

스윽- (빛의 속도)

응, 먼데?

헉…
설마 지금 일부러
멀리 떨어져 앉은 거?

오랜만이라고
너무 김치를 처먹었나….

후우

으응?
저건 뭐지?

나 베이킹파우더!
(입 냄새에 좋다고 함…)

혹시 네가
필요할까 봐
ㅡ♥ㅡ

이런 배려쟁이들 같으니라고.

나만의 점심시간

직장인들에게 점심시간은 **빡빡**하게 돌아가는 회사생활 속 짧은 숨 트임과도 같다. 나 또한 점심시간만큼은 어떻게든 스트레스를 받지 않고 마음 맞는 사람들과 함께 밥을 먹으려고 애쓰는 편이었다.

내가 원했던 건 짧은 60분 동안 일로 엮이지 않은 사람과 일과 상관없는 대화들을 주고받는 거였는데, 한국 직장에서는 그 작은 바람조차도 자유롭지 못했던 것 같다.

독일에서 일하면서 마음에 드는 것 중 하나는 바로 점심시간이다. 반드시 12시에 맞춰 다 같이 나가 밥을 먹을 필요도 없는 데다가 혼자 자리에서, 혹은 공원에 앉아 먹더라도 어느 누구도 이상하게 생각하지 않는다.

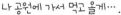

참치 샐러드, 치킨 샐러드, 연어 샐러드….

사실 다이어트할 때나 음식점에서 추가로 시키는 경우 말고는 한 끼니를 온전히 풀 쪼가리로 때운다는 건 나에게 있을 수 없는 일이었다. 그렇지만 나도 그들처럼 벤치에 앉아 여유롭게 샐러드를 먹으며 음악을 듣거나 책을 읽는 일련의 행위를 해보고 싶었다.

전날 저녁, 퇴근길에 마트에서 미리 사다 놓은 야채와 샐러드드레싱, 그리고 참치 캔으로 아침부터 샐러드를 한 통 가득 만들었다.

사실 별거 아닌 일일지도 모르지만 처음으로 일하면서 혼자 점심을 먹는다는 건 왠지 묘하게 여유로우면서도 독립적인 기분이 들었다. 한국에서 밥을 먹고 음식점을 나와 커피 한 잔을 채 다 못 마시고 급하게 회사로 돌아오던 그 한 시간이, 독일에서는 천천히 샐러드를 오물오물 씹으며 좋아하는 노래를 몇 번씩 반복해서 듣고 아무것도 안 한 채 가만히 앉아 멍하니 지나가는 사람들을 바라보다 문득 시간을 확인해도 아직은 꽤 여유롭게 남아 있는 정도였다.

날씨 좋다아~!

앞쪽 벤치에서는 아예 드러누워 한숨 자는 사람과 띄엄띄엄 앉아 샌드
위치를 먹는 사람들이 각자 자기만의 점심시간을 보내고 있었고, 한 번
씩 안면이 있는 회사 직원이 지나갈 때면 당황하지 않고 슬며시 눈인사
를 건넸다.

• 오후 2시 •

아…씨~

점심 못 먹었어?

꼬르륵-
쾅쾅~

초코바라도 먹을래?

밥심으로 사는 한국인은 그들과 달랐다.

나는 내 손을 그다지 좋아하지 않는다

나는 내 손을 그다지 좋아하지 않는다. 내 몸에 비해 너무 짧기도 하고
어렸을 때 워낙 말썽을 피우는 바람에 여러 번 팔 깁스를 해야 했는데,
그 때문인지 내 오른쪽 손가락 두 개는 지금도 조금 휘어져 있다. 이런
나의 손에 비해 제이미의 손은 참 길고 예뻤다.

제이미는 작년 겨울 오래전부터 계획했던
치킨집을 쾰른에 오픈하였고,
그 후로 직접 닭을 튀기고 쇳덩이 같은 프라이팬으로
온종일 요리하느라 많이 힘들어했다.

하루는 같이 밥을 먹는데, 제이미가 갑자기 자신의 손을 내려다보며
쓸쓸하게 웃었다.
"나 사실은 내 몸에서 이 손이 제일 자신 있었는데,
지금 보니 참 못났다, 그지?"

난 퉁퉁 붓고 여기저기 기름에 튄 상처들로 가득한
그녀의 오른손을 가만히 잡아주었다.
내가 보기엔 네 꿈을 당차게 이뤄가고 있는
지금 이 손이 이전보다 훨씬 더 예쁜 것 같다고.

야, 내 배는 어쩔 건데~.
얼마 전엔
자리 양보도 해주더라.

딩탕~

내 손 좀 봐.
어디 가서 손을 못 펴….

이 볼살은 또 어쩔 거야.

#너만 괜찮다면 #내 자존감 따윈

우린 그렇게 훈훈한 자기비하 타임을 가졌다.
너만 괜찮다면… 내 자존감 따위는 잠시 내려놓는다.

문어 해물 라면과 문어 파스타

뮌헨에 살고 있는 그녀와 프랑크푸르트에 살고 있는 나.

같은 외국 땅에 가장 친한 고등학교 친구 셋 중 한 명이 있다는 건 사실 굉장히 운이 좋은 거지만 실제로 그녀는 독일의 KTX라고 할 수 있는 ICE를 타고도 3시간이 넘게 걸리는 꽤 먼 거리에 살고 있었다. 어떻게든 1년에 서너 번은 얼굴을 보기 위해 각자 사는 도시를 방문하기도 하고 때론 다른 곳에서 만나기도 한다.

한번은 뜨거운 7월의 여름, 우린 크로아티아 최남단에 있는 두브로브니크에서 만나기로 했다. 서로 다른 비행기 일정 탓에 그녀가 하루 먼저 도착하고 하루 일찍 떠나는 여행이었다.

나는 도착해서 다음 날 아침까지 여전히 침대에서 곤히 자고 있었고, 하는 수 없이 그녀는 혼자 크로아티아의 재래시장에 다녀왔다. 두브로브니크는 특이하게 대부분의 집들이 경사진 곳에 있는데, 우리가 머물렀던 숙소는 돌로 된 담벼락을 따라 한참을 더 올라가야 하는 언덕 꼭대기에 자리 잡고 있었다. 막 잠에서 깰 무렵 그녀가 거친 숨을 몰아쉬며 커다란 문어를 들고 숙소로 돌아왔고, 덕분에 늦은 아침으로 문어가 큼지막하게 들어간 해물 라면을 먹을 수 있었다.

이거, 봐봐!
내가 저 아래 시장 가서 사 왔음.

말이 안 통해서
자르진 못했지만.
하하하하하하.

…문어??
…통째로?!

한 마리 통째로 그냥 넣을까??
(해맑음)

흠… 비릴 거 같은데….

세상 뿌듯-.

그냥 반만 넣자.

작지만 두 명이 앉기엔 충분한 발코니에 앉아 언덕 아래 붉은 지붕으로
가득한 두브로브니크의 풍경을 바라보며 배가 고파 정신없이 먹었던
문어 라면. 그 맛은 시간이 꽤 지난 지금도 생각이 날 만큼 얼큰한 맛이
가히 최고였다.

지금도 가끔 생각나는 정말 맛있었던 문어 해물 라면

언제부턴가 여행을 할 때면 관광객들로 가득한 유명한 관광지는 왠지 오래 머물고 싶지 않았다. 그날도 두브로브니크의 가장 유명한 반예 해변에 갔었는데, 마치 한여름의 해운대 백사장처럼 돈을 내야 파라솔과 의자를 이용할 수 있었고, 누가 봐도 각 나라에서 온 관광객들로 매우 번잡했다. 망설임 없이 돌아선 우리는 지나가는 사람들에게 묻고 물어 현지인이 많이 가는 해변을 찾아갔다.

슈우웅

에잇 - 모르겠다!

야!!!!!! 괜찮아!!??!!!!
내 말 들려!!?

얘네도 마찬가지…!

꼬르르르-

미친 듯이 발을 움직이면서
물에 떠 있음.

다음 번엔
니가 먼저 들어가라!

단지 그곳이 백사장이 아닌 높은 암벽으로 둘러싸인 작은 해변이었던 것이 함정이었지만.

하루 먼저 그녀는 뮌헨으로 돌아가야 했기에 나는 마지막 날을 오롯이 혼자 보내야만 했다. 난 그녀에게 혼자서도 구시가지를 거닐고 해변에도 누워 있을 거라며 호언장담했지만 그녀의 빈자리는 역시나 허전했고 그날따라 숙소로 향하는 오르막길은 유난히 구불구불 비탈져 보이고 힘겨웠다. 결국 마지막날 난 온종일 발코니에 앉아 빈둥거리며 시간을 보냈다.

남은 문어 반 토막과 마늘, 토마토를 넣고 만든 파스타, 그리고 전날 밤 마시고 남은 화이트 와인이 더해져 뭐, 하루쯤 두브로브니크에서 온전히 나태하게 퍼져 보내는 것도 그렇게 나쁘지만은 않은 괜찮은 여행이었다.

얼마 전 TV 프로그램을 보다가

나도 모르게 고개를 끄덕였던 장면이 있다.

들리지 않아서 좋은 점은…
듣고 싶지 않은 말은
안 들어도 된다는 거?

외국에 살면서 한번쯤은 경험하는 언짢은 순간들에도

그래도 외국에서 살 만한 이유랄까.

영원한 이방인으로 산다는 건

하루는 독일에서 산 지 20년도 넘은 한 아주머니와 저녁을 먹으며 소주 한잔을 하게 되었다. 소주병이 여럿 비어가면서 아주머니는 술기운이 좀 오른 듯 보였고, 얼마 안 가 눈물이 그렁한 표정으로 넋두리같이 말했다.

아들도 제 살길 찾아 떠나버리고
이제 여긴 나 혼자야. 엉엉~
남편이랑은 대화도 안 되고-.

너무 외롭고
허무해…. 내 인생이….

한국으로 돌아가기엔
너무 늦은 것 같기도 하고….
난 여기에도 저기에도 못 끼는
존재가 되었나….

우우우어어엉~

난 처음으로 평생 '외국에서 산다는 게 어떤 느낌일까'에 대해 진지하게 생각해보게 되었다. 독일에 몇십 년째 살고 있는 한 친구의 부모님도 한번씩 말씀하시곤 했다.

할 수만 있다면
남은 여생은 내 나라에서
보내고 싶지, 그럼.

가족들도 그립고…
친구들도 보고 싶고….

이십 대 대부분을 외국에서 살며 다이내믹한 삶을 살았던 아는 동생도 독일에서 영주권을 받을 수 있는 기회를 버리고 고심 끝에 한국으로 돌아가기로 했다고 말했다.

외국에서 사는 거, 물론 자유롭고 좋지.
근데 언니, 난 이제 그만하고 싶어졌어.

외모와 다르게
한국 토종 입맛.

매일 입에도 잘 안 맞는
밀가루 음식을 꾸역꾸역 먹으며….

어디라도 아플까 봐
조마조마해 하고….

한국에서 챙겨온
갖가지 비상약들.

1년에 한 번 겨우
가족들 얼굴을
볼 수 있는 것도….

엄마 보고 싶어, 엉엉.

물론 훗날 지금의 선택에 후회하게 될 수도 있지만, 그 순간만큼은 그녀의 용기 있는 결단이 조금 부러웠다.

외국에서 이방인으로 사는 삶과 우리나라에서 나이 들어가는 삶.

어떤 사람은 나는 외국 체질인 것 같다며 더 이상 한국으로 돌아가 바쁘고 치열하게 살고 싶지 않다고 하고, 다른 이는 공부가 끝나면 그래도 같은 말로 얘기하고 서로 공감할 수 있는 한국으로 돌아갈 거라고 말한다.

외국에서 한국을 그리워하는 것과 한국에서 다시금 외국 생활을 동경하게 되는 건 어쩌면 자연스러운 일이다.

회사를 그만두고 떠나온 지 어느덧 5년이란 시간이 지났고, 그사이 난 많은 사람들과의 연락이 끊어져 남아 있는 친구들도 대부분 저마다 새로운 가족을 이루며 바쁘게 살고 있는 중이었다.

그 많던 연락처들은
다 어디 갔을까….

우리 애기 잘한다!
호호.

까꿍!

솔직히 지금쯤 다시 한국으로 돌아가는 걸 생각해봐야 할지
숱한 고민을 해봤지만, 내내 나를 붙잡고 있는 질문 하나에
줄곧 머뭇거리고 있었다.

'여기에서 과연 내가 후회 없이 최선을 다한 것일까?'

현지 친구들에게 좀 더 마음을 열고 먼저 다가가지 못했고,

아직도 부족하기만 한 독일어 공부는 뒷전으로 미룬 채 '여기가 한국이었으면 이러지 않을 텐데……' 하고 구차한 변명과 괜한 열등감으로 뒤틀려 지낸 건 아니었을까.

그래서 난 한 번 더 최선을 다하기로 결심했다. 그래도 언젠가 한국으로 돌아갔을 때 언제든 날 반겨줄 가족과 친구들이 있으니, 나에게 기회를 더 주기로 했다. 내가 이곳에 속하지 않는다고 스스로를 단절시킨다면 여기가 어디든지 간에 나는 영원한 이방인일 테니까.

어서 와~. 배고프지?

허허~

꺅- 이모네.

그래, 내 인생 속도는
조금 느릴 뿐이다.

Chapter 6

낭비한

인생이란

없다

소소한 일상의 소중함

2년 만에 들어온 한국에서 깨달은 소소한 일상의 소중함.

아침마다 나를 깨우는 엄마의 과일주스.

퍼뜩 일나서 이거 마셔라!

어머, 뭘 이런 걸 다~

에헤헤~ 방긋~

슬리퍼 질질 끌고 나가 편의점 앞

플라스틱 의자에 앉아 마시는 캔맥주.

자다 나왔냐, 꼴이 왜 그 모양임?

너야말로!

그리고 편의점에 들어가면 진열대 한가득 (샌드위치가 아닌)

맛깔스러운 도시락과 삼각김밥들.

바닷가로 이어지는 산책로에서 어김없이 마주치는

챙모자를 쓰고 양팔을 열심히 흔들며 걷고 있는 아주머니들.

소파에 누워서 편하게 전화로 주문하면 금세 배달되는

치킨과 짜장면, 탕수육 세트.

(아직도 외국어로 통화할 때 초긴장하는 쫄보 명작가)

여기 짜장면 2개랑
탕수육 소자로 하나요.

아, 단무지
많이 주시고요.

세상 쿨함.

심지어 해변 한가운데에 앉아서도 시킬 수 있다!

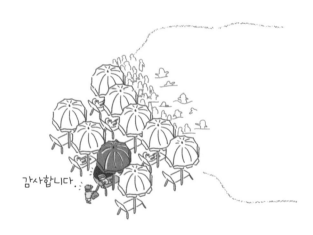

감사합니다..

분명 밤 12시가 넘었는데도 대낮처럼 환한 거리들.

허름한 포장마차의 우동 한 그릇, 오돌뼈 그리고 계란말이.

독일에서 한 병에 만 오천 원이라는 거금을 내고

한 모금씩 아껴서 마시던 소주가 불과 삼천 원!

· 독일에서는 ·

야, 장난해!!???
소주를 원샷하다니!

한 모금씩 아껴서!!!

아, 미안….

음식점에 가면 금세 물을 갖다 주고

공짜 물

더 이상 음료를 뭘 시킬지 팁을 얼마 줘야 할지에 대해
고민할 필요도 없다.

하지만 가끔 독일이 그리워질 때도 있다.
공원에서 수영복 입고 혼자 누워 있어도
아무도 신경 안 쓰는 생활을 하다가

음냐~

해변에서 선글라스를 끼고 나란히 앉아 있는
아저씨들의 뜨거운 시선을 느낄 때.

갑자기 내 얼굴에 있는 주근깨,
기미들이 불편해지고

말라깽이 친구를 만날 때면
나 혼자 독일 돼지가 된 기분!

길거리를 지나며 트렌디한 스타일의 옷과 머리 모양, 안경을 보면
나만 유행에 한참 뒤처진 듯한 자괴감이 든다.

무엇보다 뜨거운 여름 한낮에

시원하게 맥주 한잔을 마시고 싶은데

뒤통수에서부터 뜨거운 엄마의 눈초리가 느껴질 때.

음악이 들리고 풍경이 보이다

6년 동안 다녔던 은행을 그만두고 조만간 에콰도르로 떠난다는 그.
퇴사한 지 두 달 정도 된 그를 자메이카와 인도를 섞어 놓은 듯한
부산 바닷가의 작은 오뎅 바에서 만났다.

"그래서 회사 관두고 나니 요즘 어때?"

그는 특유의 기다란 웃음으로 씩 웃더니 꽤나 시적인 대답을 했다.

"이제야 음악이 들리고 풍경이 보이고 계절이 바뀌는 걸 알게 됐지."

오글거리게 그게 뭐냐고 놀리듯 웃다가 불현듯 5년 전의 내가 떠올랐다. 그제야 난 뭔 말인지 알 것 같다며 고개를 끄덕였다. 그러곤 나름 퇴사 선배로서 조언 한마디 해주겠다며 조금은 장난스럽게 말했다.

"사람들이 너한테 뭐 하냐고 물어보면 처음엔 적응이 안 될 수도 있어. 아마도 너도 모르게 넌 전에 일하던 데가 어디고 거기서 뭘 했는지에 대해 주절주절 설명하고 있을지도 몰라. 첨엔 나도 그랬으니까."

"근데 있잖아, 그렇게 계속 반복되다 보면 어느 순간 그런 생각이 들더라. 어디에도 소속되어 있지 않은 지금이 얼마나 자유로워질 수 있는지, 어쩌면 내 인생에서 다시 못 올지도 모를 이 순간을 온전히 즐기자고. 물어보지도 궁금해하지도 않을 옛날얘기 따윈 나중에 이력서에나 다시 늘어놓고 지금은 그 대신 한 번 더 마주한 사람의 눈을 마주치고 다정한 인사를 건네자고."

그는 아직은 잘 모르겠단 표정으로 또 한 번 기다랗게 웃었고,
그렇게 우리는 갑자기 밀려오는 멋쩍은 쑥스러움에
쥐고 있던 소주잔을 나란히 들었다.

왜 부끄러움은 우리의 몫….

잠이 안 오는 밤이면

잠이 안 오는 밤이면
난 가끔 말도 안 되는 상상을 하곤 한다.

'나는 지금 비행기 퍼스트클래스 좌석에 누워 있다.
옹기종기 좁아터진 이코노미클래스와는 비교도 안 되게
마치 내 침대같이 180도 젖혀지는
아주 편안한 자리에 누워 비행 중이다….'

스무 살 땐 내가 삼십 대가 되면
비즈니스클래스 이상만 타고 다니며
바쁘게 세계를 누비면서 출장을 다닐 거라고 생각했다.

스무 살의 나의 시선엔 서른 살이란 나이가 딱 그랬다.

LA에서 9시 미팅 끝나고
뉴욕에서 1시 미팅이라…
빠듯하군!

하지만 삼십 대가 된 지금
난 여전히 비싼 직항 항공편 요금에 벌벌 떨며
인터넷을 뒤져 찾은 제일 싼 비행기표의 환승을 위해
중동의 어느 이름 모를 공항에서 5시간째 대기 중.

비행기 안 갈아타고
한번에 가는 것만으로도 개이득!

'짠하다'라는 감정의 복합적인 의미

사전에 쓰여 있는 '짠하다'의 의미는 '안타깝게 뉘우쳐져 마음이 조금 언짢고 아프다'이다. 하지만 사실 '짠하다'란 말에는 상황에 따라 여러 의미가 복합적으로 얽혀 있는 것 같다.
안타깝다, 슬프다, 안됐다, 가엾다, 잘됐으면 좋겠다, 힘들겠다….
하지만 어떤 단어로도 정확히 이 감정의 의미를 표현하는 데는 부족함이 있는 듯싶다.
굳이 하나를 더 붙이자면, '네 맘을 알 것 같아…'이다.

한국에 와서 정말 오랜만에 가족과 함께 지낸 지도 벌써 한 달이 넘은 요즈음 난 '짠하다'라는 감정이 느닷없이 들 때가 있다.

홀로 방에서 〈세상은 넓다〉 〈걸어서 세계 속으로〉와 같은 여행 프로그램을 계속 보면서도 정작 비행기 타는 게 싫어서 먼 곳으로 여행을 가지 않는 아빠를 볼 때면,

오…!

어느덧 육십이 훌쩍 넘은 나이지만 여전히 새벽 5시면 일어나 아침을 짓고 온종일 조카를 포함한 온 가족의 뒤치다꺼리를 하느라 저녁이면 어깨를 두드리며 하루가 어떻게 지나갔는지 모르겠다고 나지막하게 말하곤 하는 엄마를 볼 때면,

아이고, 어깨야….

유아용품 매장에선 고민할 새도 없이
빛의 속도로 결제하면서 정작 옷장에는
자신을 위한 여름 티셔츠 하나 변변히 없는
언니를 볼 때면,

으응?
내가 왜?

만성 피로

후줄근~

꺄아악-

난 다음에 가면 되지 뭐,
괜찮아-.

갔다 올게요.

웬만한 일은 확실한 기약 없이
미래의 언젠가…로 미뤄야 하는
오빠를 볼 때면,

그리고 뒤늦게 꿈을 찾는답시고 아직도
엄마, 아빠에게 겸연쩍은 손을 내미는
나 자신이 때론 참 '짠하다'.

한번 들어가서 보자!

갖고 싶다….

거기서
그러고 있지 말고~ 쯧쯧.

하아…

한번은 오랜만에 친구랑 포장마차에서 한잔하고 있는데,
소주잔을 연거푸 마시던 친구가 갑자기 최근 벌어진
가슴 아팠던 가족 일에 대해 덤덤히 고백했다.

평소 친구와의 가벼운 스킨십도 질색하는 나였지만,
그때 친구가 너무나 '짠해서' 나도 모르게 친구를 안아주고 싶었다.

내 인생 속도는

어렸을 때 친했던 남사친을 거의 10년 만에 만났다.

중 · 고등학교 때엔 밴드에서 기타를 쳤고,

대학생이 되고 나선 인문학에 심취했던 그는

프로이트는 이렇게 말했지—.

어느새 이대팔 가르마를 하고
배가 살짝 나온 과장님이 되어 있었다.

그 아파트를 살까, 고민 중인데
요즘 그쪽 시세가….
아님 이참에 외제 차로
바꿔볼까?

집에 돌아오는 길, 여러 가지 생각이 드는 밤이었다.

나만 제자리에 멈춰 있는 걸까….

그래, 내 인생 속도는 조금 느릴 뿐이다.

이렇게 사는 것도 나쁘진 않겠다

인터넷상에서 엄청난 조회 수를 기록하며

수많은 패러디를 만들어낸 오래전 시트콤의 한 장면.

가장 웃음을 자아내던 시어머니와 며느리 사이의

날카로운 신경전은 둘째로 치더라도

우리의 그것과 별반 다를 거 없는 흔하디흔한 가족의 밥상 풍경이었다.

신기하게도 우리 가족은 나만 빼고 모두 아침형 인간이다.

• 일요일 아침 •

아침 6시가 되기 전부터 부엌에선 이미 그릇 달그락거리는 소리가 방문 틈 사이로 들려오기 시작하고, 심지어 주말에도 7시가 되면 집 안 여기 저기에서 시끌벅적 말하는 게 아직 침대에 누워 있는 나한테도 선명하 게 들린다. 그럼 어쩔 수 없이 잠이 덜 깬 상태로 가만히 듣게 된다.

아니, 아무리 열쇠를 찾아도 없길래
어디서 잃어버렸다고 생각했거든.
근데 혹시나 해서 모자 밑을 봤더니,
거기 딱 있는 거 있지!

그래, 모자 밑을 보길 잘했네.
어제 더워서 모자 쓰고 나갔다가
그 위에 뒀나 보네.

그때 어김없이 들리는 또 다른 목소리.

왜, 뭐가?

그러면 미처 듣지 못한 사람을 위해
이야기는 또 한 번 반복되고
이내 새로운 말들이 따라온다.

그러고는 화제가 (아주) 조금 바뀐다.

일일이 다 나열하자면 끝도 없지만 어쨌든 이런 식의 대화들이 꼬리를 물고 이어진다.

우리 집 유일한
게으름뱅이가
드디어 일어나셨군….

엄마, 아직 8시도 안 됐거든!

끄응-

매일 아침이면 이렇게 시시하고 별거 아닌 이야기들을 신이 나서 얘기하고 또 그걸 서로 흥미진진하게 듣고 있는 가족들. 새로울 것도 특별히 재미난 일도 없는 비슷한 하루를 오늘도 그렇게 살아간다. 그러다 갑자기 이런 생각이 들었다.

'그런데 이렇게 사는 것도 나쁘진 않겠다.'

이십 대 땐 매일 똑같이 반복되는 일상이 지루하게 느껴질 때면 왠지 불안했다. 마치 내 인생이 잘못되어가는 것 같아 끊임없이 뭔가 재미있고 신나는 걸 찾아 헤맸고 그러는 사이 지쳐버린 내 모습조차도 용납할 수 없었다. 이 정도면 남들이 볼 때 나쁘지 않은 삶을 살고 있다고 자신하다가도 더 화려하고 특별해 보이는 다른 사람의 삶과 비교하다 보면 이내 초라해지고 또 무기력해졌다.

세상일이란 게 참 내 뜻대로 되는 게 하나도 없고 원치 않았던 상처들에
아파하면서 웬만한 일엔 제법 무던해진 지금에서야 난 소소하게 여겨졌
던 흔한 일상에도 행복할 수 있다는 걸 깨달아가고 있다.

너무 재미나게 행복하게 살려고 애쓰지 않아도 괜찮다.
새롭고 다이내믹한 것만 좇으며 아등바등 살거나, 내 삶은 왜 이렇게 단
조롭고 지루하기만 할까 자학하며 사는 것보단, 이렇게 특별한 일 없이
매일을 소소하게 사는 것도 나쁘진 않겠다.

5월 11일 목요일, 날씨 맑음

엄마가 감기에 심하게 걸렸다.

하루 종일 아파서 방에 누워만 있는 엄마를 보며 걱정도 됐지만 한편으로는 할머니처럼 힘없이 앓는 소리를 연신 뱉어내는 엄마의 작은 뒷모습에 속상해서 그만 짜증을 내버렸다.

지금껏 아직 상상해본 적도 없지만, 시간이 한참 지나고 엄마가 이 세상에, 내 곁에 없을 수도 있다는 건 생각조차 하고 싶지 않다. 물론 언젠가는 그런 날이 어쩔 수 없이 오겠지만 아직은 어렸을 때 무엇이든 척척 해결해주던 원더우먼 같은 엄마를 더 오래오래 보고 싶다고 하면, 내가 너무 이기적인 걸까.

으아앙-

에잇,
이놈의 벌레시키-!

엄마가 없으면 아무것도 못했던 한참 작았던 내가
이제는 엄마한테 자꾸 잔소리를 하게 된다.
나도 모르게 버럭 소리를 지르곤 온종일 곱씹으며
후회하고 있는 오늘은, 내가 참 별로인 날이다.

지금 마음이 불안하다면

초등학교 방학이 끝나갈 무렵이면 어김없이 탐구 생활과 독후감, 그리고 밀린 일기를 다 쓰느라 정신없이 바빴다. 그리고 개학 날 원래보다 세 배는 뚱뚱해진 탐구 생활을 품에 꼭 안고 자랑스레 학교에 갔지만 내가 상을 받은 적은 한 번도 없었다. 왜냐하면 내 눈에 이미 충분히 멋졌던 내 탐구 생활은 책 한 권을 추가로 제작한 친구나 수수깡으로 집 한 채를 만들어버린 친구 뒤편으로 항상 밀렸기 때문이다. 어쩌면 그때부터였는지도 모르겠다. 한 번씩 다른 사람과 비교하며 난 왜 이거밖에 못 하냐고 스스로를 날 서게 비난하고 깎아내리게 된 건.

작업하다 바람도 쐴 겸 종종 들르는 곳은 서점이다. 일반 서점뿐 아니라 우연히 발견한 새로 생긴 중고서점에도 자주 가는데, 그곳에 가면 금방 손님이 팔고 간 책들을 한번 쓱 훑어보는 재미가 제법 쏠쏠하다. 다른 사람이 어떤 책을 읽었는지 몰래 염탐하면서 내가 읽은 책이랑 비교해보기도 하고 예전에 읽었던 책 중 다시 보고 싶은 게 있으면 저렴한 가격에 사기도 한다.

요즘은 서점에 가면 예전과는 사뭇 다른 시각으로 책을 보게 된다. 매일같이 쏟아지는 신간들과 벽 중앙에 떡하니 전시되어 있는 베스트셀러들, 그리고 저마다 재능이 넘쳐나는 작가들을 보고 있으면 과연 내 책이 이들과 같은 장소에 있어도 괜찮은 걸까 하는 걱정이 밀려온다. 그리고 나서 여태껏 열심히 준비해온 원고들을 다시 읽어보며 모두 마우스로 긁어서 'delete' 키라도 누르고 싶은 강렬한 충동이 들 때도 있다. 그러던 중 우연히 프랑스 그림 작가 벵자맹 쇼Benjamin Chaud의 인터뷰 글을 읽게 되었다.

내가 어떤 글이나 그림에서 감동받고 공감하는 건 기계 같은 완벽성이 아니라 인간적인 빈틈을 발견했을 때라고. 그 빈틈과 서투름 없이 오직 완벽함만을 추구한다면 세상의 작품들은 모두 완벽하게 지루할 거라고. 맞다, 그렇다! 여태껏 전혀 다른 분야에서 공부하고 일했던 내가 오랜 시간 동안 연필과 붓을 쥐고 살아온 사람들의 그림이나 글과 객관적으로 비교한다는 것은 말이 안 되고 솔직히 그들과 비슷하게 흉내 낼 실력도 안 된다. 그렇지만 분명 나에게도 내가 가장 잘할 수 있는 무언가가 틀림없이 있고 다른 사람의 재능을 탐하고 부러워할 시간에 완벽하진 않더라도 나만의 색을 찾아 나가는 게 지금 가장 필요한 거라고 생각한다. 이제라도 하고 싶은 일을 해보겠다고 애쓰고 있는 나에게 나조차 그 정도 실력으론 어림없다고 말하며 냉정하게 돌아서 버린다면 내가 너무 짠하고 안쓰럽지 않을까.

슬그머니 너덜너덜한 작업 노트를 꺼내 마지막 장 모퉁이에다가
'참 잘했어요' 도장 대신 이렇게 적어주었다.

너무 조급해할 필요 없다.
너무 완벽하게 하려고 애쓸 필요도 없다.
반드시 꼭 뭔가 이뤄야 행복해지는 건 아니니깐.
다른 누군가가 아닌 내 이야기를 온전히 했다면,
그거 하나면 충분하다.

헤헤헤~

괜찮아, 다 괜찮아

꺄아악-

철퍼덕!

괜찮아, 다 괜찮아~.

으아아아앙-

누군가 나에게도 말해줬으면 좋겠다.

조금 다르게 살아도 괜찮다고….

조금 천천히 가도 괜찮다고….

살다가 한 번쯤 넘어지더라도 괜찮다고….

다 괜찮다고…….

괜찮아…?

반짝반짝 빛나지 않아도 괜찮은

어느 날 저녁 술을 먹고 있는데, 한 친구가 나에게 말했다.

"그러고 보니 넌 지금 이렇게 그림 그리면서 글도 쓰고 있는데, 그러면 그 동안 힘들게 공부해서 대학 가고 멀쩡한 회사 잘 다니다가 독일까지 와서 또 공부하고, 다시 회사로 돌아갔다가 관두고…… 네 인생을 좀 낭비한 거 아냐?"

물론 그것도 완전히 틀린 말은 아니다.

나는 내가 하고 싶은 것을 진작 알고 있었음에도 불구하고 겁이 나고 두려워서 그리고 어떻게 시작해야 할지 몰라서 아직은 때가 아니라고 변명하며 시간을 허비하고 결정을 미뤘다. 그리고 대다수에게 쉬이 납득이 되는 인생의 길을 내 삶의 기준으로 정하고, 할 수 있는 한 거기에서 벗어나지 않기 위해 안간힘을 쓰며 살았다.

언젠가 대학생 때 한 술자리에서 갑자기 한 친구가 물었다.

"너희는 시간을 되돌릴 수 있다면, 언제로 다시 돌아가고 싶어?"

그때 난 잠시 머뭇거리다가 이렇게 대답했다.

"음, 확실히 모르겠지만 아마도 난 고등학생 때로 돌아가서 대학에서 미술을 공부했을 것 같아."

만약 내가 그때라도 한 번 더 진지하게 고민했더라면,
그리고 굳게 결심하고 기어이 행동에 옮겼더라면
지금 내 인생은 지금과 많이 다른 모습이었을까.
그때도 지금과 다를 바 없는 똑같은 나였을 텐데,
다시 돌아가더라도 아마도 난 여전히 생각만 계속하다가
결국은 또 아무것도 행동하지 않았을 것이다.

쓸데없이 시간을 낭비했다고 여길 수도 있지만
난 그렇게 생각하지 않는다.
그 시간 동안 느끼고 생각한 경험들을 통해
모두가 같은 길을 선택할 필요는 없다는 걸,
더욱이 세상에는 너무 많은 다양한 인생의 방식이 존재한다는 것을
알게 되었다.
무엇보다 처음으로 나에게서 무언가 하고 싶다는 간절함을 발견한 것,
그리고 이제야 내가 진실로 원하는 삶의 방향에 대해
분명한 확신이 생긴 것.
이 두 가지만으로도 내 인생은 결코 낭비한 게 아니다.
아, 한 가지 덧붙이자면 지금 이렇게 그 시간들에 대해
글로 써서 남기고 있으니깐!

어느새 회사에서 자리 잡고

차곡차곡 통장에 동그라미를 하나씩 붙여나가는 친구들을 볼 때면

물론 한번씩 되돌아가고 싶은 약한 마음이 들 때도 있다.

그럴 때마다 내가 버틸 수 있는 건 한번 길을 잃고 나서야

비로소 찾게 된 이 간절함과 확신 덕분일 테다.

나는 인생을 낭비하고 있는 게 아니라

지금껏 용기가 없어 미처 가보지 못했던 길을 가고 있기에

조금 느릴 뿐이지 뒤처진 건 아니라고.

어차피 내 뜻대로 되지 않는 게 인생이지 않을까.

살면서 별안간 닥쳐올 변화를 완벽히 예측하고

대비할 수만 있다면 물론 우리가 느끼는 불안과 두려움이

한층 줄어들지는 모르겠지만,

정작 모든 게 이미 정해져 있는 삶을 살아가는 게 정말 행복할까.

글쎄, 나는 잘 모르겠다.

당장 1년 뒤 내가 어떤 모습일지 난 전혀 짐작이 안 되니깐.

지금 반짝반짝 빛나지 않아도 이대로 괜찮다.

때로는 그냥 이렇게 흘러가는 대로 사는 것도 나쁘지 않다.

조금의 유연함과 조금의 모호함을 가진 채로.